マビヨン通りの店

山田 稔
Yamada Minoru

編集工房ノア

マビヨン通りの店　目次

カバー絵　野見山暁治
「パンテオン」１９５４
装幀　森本　良成

*

富来

加能作次郎を読返したくなって、尾崎一雄の『あの日この日』のなかに加能についての何か大切なことが書かれていたのをふと思い出し、その箇所を探し出した。

自然主義文学の衰退がはじまった昭和初期のころ、加能作次郎は「型の崩れた焦茶色の古風なふちのついたソフトをいい加減に頭にのせ、すり切れたインバネスを片下りに着るといふよりひつかけてゐ」た。

当時、愛人の経営する喫茶店ドメニカに同棲していた尾崎一雄は、大学卒業の謝恩会の後、店に来ていた川崎長太郎と加能作次郎を誘って神楽坂の待合に行き、一晩遊ぶ。そのとき支払った金は、大学に納めるための学費だった。そのため卒業がおくれた。

後日、その話を尾崎がドメニカで仲間に面白おかしく披露していると、店の奥の撞球台にひとりいた客がすっと出て行った。

それが加能作次郎だった。

「氏は怒ったのではなく、哀しかったのだらうと思ふ。怒られる方が、かなしまれるよりどれだけいいか判らない」

当時四十二歳の加能作次郎がインバネスを引きずるようにして出て行った姿が、「すがれた老人」として鮮やかに尾崎の胸に残る。

私がおぼえていた「何か大切なこと」とは、このくだりだったのである。加能を読返したくなった胸の奥底に、この「すがれた老人」の「すがれた」の一語がひそんでいたような気がした。

もう二十年ちかく前のことになるが、「日本小説を読む会」で報告の番がまわってきて、作品選びに迷っていたとき、筑摩書房版『現代日本文学全集』のなかの「加能作次郎　牧野信一　葛西善蔵　嘉村礒多」集の一巻が目にとまった。後の三人の作家はすでに会で取上げていたが、加能だけが残っていた。

加能作次郎の名前は、宇野浩二の「蒲団の中」を「蔵の中」と改題して「文章世界」に掲載して宇野を世に出した編集者としては知っていた。しかし作品はひとつも読んだことがなかった。それでも心の片隅に、何となく気になる作家としてひっかかっていたのである。

この機会に読もうと思い立ち、その巻に収められた「厄年」、「世の中へ」、「乳の匂ひ」の三篇を読み、たちまち好きになった。なかでも「乳の匂ひ」は、こんな傑作がまだ残っていたのかと、発見者のしあわせを味わった。

巻末の作家論「美しき作家」のなかで、広津和郎がこう書いていた。加能作次郎は作品の質からも、また気の弱い性格からも、いわゆる「時めく」とは正反対のものだ。その時めかないところにこそ、この作家の美質があると。

よろしい、この昔も今も時めくことのない作家に光を当ててやろう。そんな気負いをおぼえながら、私は会の報告の場に臨んだ。

「乳の匂ひ」は「世の中へ」（大正七年）のなかの一挿話をふくらませ、二十年ほど経って独立した作品に仕立てたものである。昭和十五年（一九四〇）に「中央公論」八月号に発表された。作者五十五歳、死の前年の作品である。

明治三十一年、能登の西海村から伯父を頼って京都に出て来た少年の「私」(恭三)は、中学進学の夢かなわず、四条先斗町に伯父が営む旅館で丁稚奉公をさせられる。伯父には、乞食の子を拾って育てた信子という養女がいた。旅館の客と恋仲となり、その子を産み、近くの家で人目をさけて育てている。

三月のある寒い晩、お信さんが伯父のもとに、上海にいる愛人のところへ行く許しを乞いにやって来て、追い返される。送って出た「私」は車を探すうちに眼にごみが入り、歩けなくなる。ちょうどそのとき、乳が張って苦しくなってきたお信さんは「私」を車の待合所の椅子にかけさせ、膝のうえに跨るように乗りかかり、顔を仰向かせる。そして瞼の上に乳首を押当てる。

「さうしたお信さんの所為《しぐさ》には、到底私の拒否や抵抗を許さない、何か迫るやうな真剣なものがあつた。溺れる者を救はうとする、といふよりも、自分自身溺れんとして周章《あわ》てふためいてゐる者のやうな、一種本能的な懸命なものが感ぜられた。私はそれに圧倒されて、身動きも出来なかつた」

その間、「私」は口が乳房に吸いつきそうになるのを、両腕が腰に抱きつきそうになるのを、懸命にこらえている。

こうして、「乳汁《ちゝ》の洗眼」によってごみは取除かれる。

ここが作品のやまである。

二歳のときに失った母（実際は産後七、八カ月で死んだらしい）への思慕とお信さんへの思慕を重ね合わせていた十三歳の少年は、このときお信さんの乳房に母親の乳房と同時に「女」の乳房を感じていたのであり、一方、お信さんがみずから溺れそうになってあわてるのは、母性愛が男女の愛欲へ突然変ろうとするその衝動ゆえにである。

この母性と愛欲のはざまで、かろうじて踏み止まろうとする若い男女の自己抑制、その緊張感が胸をうつ。——以上が私の報告の骨子であった。

気負いすぎた報告には盲点があるものだ。私の報告にも反論が相次いだ。それはすべて女性から出た。

報告者は男女の愛欲を強調しすぎている。お信さんはそんな愛欲なんてものを感じていない。乳が張った痛みから逃れようという生理的な欲求（「そりゃあ痛いのよ」）、乳をうまく眼に入れようという緊張感、それがすべてであって、愛欲なんて少年の「私」（および報告者）の勝手な思込みにすぎない、云々。

いや、そうともかぎらぬ、すくなくとも作者はこのように読まれることを期待していたはずだ、という私の弱々しい反論にたいし、相手の女性は勝誇ったように「第一、女はお乳が出ている間は性欲を感じないのよ」と強烈な一撃で私をよろめかせ、さらにこう続けた。「快感はあるけど、性欲とは関係ないのよ」

私は黙りこんだ。

その翌月に出た「会報」二九九号に、梶川忠の「『加能作次郎選集』のこと」という短文が載った。京都の書店の地方小出版社コーナーで、作者の生誕百年記念事業として出されたこの本を見つけた愛書家の彼は、私小説嫌いにもかかわらず、またその本の装丁、造本のセンスのわるさにもかかわらず愛書欲にまけて、二千五百円払って購入する。

この文章を読み、自分の愛する作家の、地元の人々の手による選集がこのように悪しざまに書かれているのに一種の義憤をおぼえた私は、無理だろうとは思いつつ、譲ってくれまいかと頼んでみた。すると意外なほどあっさりと（？）定価で譲ってくれたのである。

「乳の匂ひ」の報告がきっかけで梶川忠が右のエッセイを書き、それがまたきっかけとなって、『加能作次郎選集』というたぶん珍しい本を手に入れることができた。そのよろこびで、先の報告での無残な思いも薄らいだ。

『選集』は、加能作次郎生誕百年祭実行委員会編というものものしい構えである。一九八五年九月三十日発行。A5判、ソフトカバー。小説十七篇と口絵写真四葉。本文二段組、三百十二ページ。

表紙カバーに描かれた夕日に染まる海と、その手前に重なる漁村の甍（鳴瀬八山・画）。作家の生地西海村、現在の富来《とぎ》町の海岸である。

右にのべたようないわば細い因縁の糸にみちびかれるようにして、やがて私ははるばるこの能登の僻地を訪ねることになる。

「乳の匂ひ」の報告をした翌年すなわち一九八八年の秋、たまたま金沢を訪れる用事のできた私は、ふと富来のことを思い出した。不精な私としては珍しく、早速、金沢在住の「よむ会」会員のKさんに交通の便などを訊ねると、文学碑のある場所はかなり辺鄙なところらしいから、車で連れて行ってあげると言ってくれた。

能登半島の西海岸を北上した。

美しい砂丘と浜辺があった。

羽咋を過ぎ、富来の町に入り、そのはずれの西海の港からさらに坂を上った。金沢からおよそ二時間。

海を見下ろす小高い丘のうえだった。

海を背に、私の背丈より少し高いほどの文学碑と、その右側に、谷崎精二の字で「加能作次郎君略伝」と刻んだ石碑とが二つ並んで建っていた。まわりには五つの自然石を配してある。地元の有力者、旧友らの組織する富来文化懇話会による建立。

昭和二十七年（一九五二）八月五日（作次郎命日）におこなわれた除幕式には青野季吉、広津和郎、宇野浩二らが参列した。

宇野浩二の「加能作次郎の生涯」によれば、その日は朝から蒸暑く、除幕式のはじまるころには俄雨が降った。そしてむかし作次郎が通った西海小学校の生徒たちが、彼が父親にかくれて作詞したという校歌を合唱した。

海原遠く西海の

岸うつ波は荒くとも
かたき巌を心にて
学びの業をはげみてん

すでに『選集』の口絵写真で知っていた本人筆跡の碑文を、まるで初めて読むように、一字一句確かめながらたどっていった。

人は誰でも
その生涯の中に
一度位自分で
自分を幸福に
思ふ時期を持つ
ものである
作次郎

これは娘の芳子（二男四女の長女）が二十で嫁ぐにあたり、色紙に書いて贈った言葉らしい。その年（昭和十四年）の「中央公論」六月号に発表された「父の生涯」から採られている。苦労の連続であった父の生涯をたどってきて、そのすぐ後の第八章の冒頭につぎのようにある。

「人間は誰でもその生涯の中に一度位、自分で自分を幸福に感ずるような時期を持つものだが、父にもそういう時期がないではなかった。それはかなり遅く、五十過ぎてからやっと訪れて来た。即ち息子が大学を卒業してから後十年程の間だった」（「父の生涯」からの引用は『選集』による）

碑文では冒頭の「人間は」が「人は」、「幸福に感ずるような時期」が「幸福に思ふ時期」となっている。

だが右のように書いたすぐ後の章を、彼はこう始める。

「併しそうした幸福も長くは続かなかった」

次男の事業の失敗などによるあらたな苦労、脳溢血、そして死。

碑のまわりは他に人影もなく静まりかえり、木立のかなた、遠く下の方から吹上げてくる海風の音のほかは何の物音も聞えなかった。その深い静寂に臆したように私たちは言葉もなくしばらく佇んだ後、富来の町へ引返した。

さいわい、バス停のすぐ近くに小さな食堂が見つかった。入る前に、バスの時刻を調べた。ここで私はKさんと別れ、ひとり旅をつづけることになっていた。

昼食の時間は過ぎていて、店内には他に客の姿はなかった。テレビも消されていた。静まりかえったなかで、私たちはひっそりと遅い昼食をとった。勘定をすませた後も、バスの時間まで店にとどまった。

その間、何を話したのだろう。記憶がすっぽり脱け落ちている。

手帖に、わずかにこんな言葉が記されている。

〈富来、文学碑、父親の祈り。本人はどうだったのか〉

芳子は結婚生活のうちに一度くらい自分を幸福に思う時期を持ちえたか。ついに「時めく」ことのなかったこの作家にも、そのような時期が一度はあったのか。それは、十数年ぶりに出る「乳の匂ひ」をふくむ作品集の刊行を夢見つつ校正にいそしんでいたころであったか。

「併しそうした幸福も長くは続かなかった」

彼は校正を終えた直後に、クルップ性肺炎で急死する。父の没年とほぼ同じ五十六歳だった。


Ｋさんが腕時計を見、店の時計に目を向けた。

「あ、もう行かないと……」

うながされて立上り、荷物を手にした。

そのとき、ふと、こんな文句が口に出た。

「このまま、金沢へもどろうかな」

「だめですよ」

すかさずＫさんが応じた。目は笑っているが、声にはやさしく叱るひびきがこもっていた。

「ごちそうさまでした」

Ｋさんは店の奥に向かって声をかけ、先に立って外へ出た。

「あ、来ましたよ。じゃお気をつけて」

「七尾」と行先を表示したバスが、ゆっくりと近づいて来るのが見えた。

マビヨン通りの店

サン・シュルピスの教会からサン・ゼルマン・デ・プレの方へ通じる細い石畳の道を、私は通路としてではなく、歩かねばならぬ道程として、ときおり思い出したように自分の気持のなかで踏みしめる。　（野見山暁治「マビヨン通り―椎名其二」）

この同じ石畳の狭い道を、かつて私もまたある意味では「歩かねばならぬ道程として」踏みしめていたことがある。あるときは同様にサン＝シュルピスの教会の方から、あるときは逆にサン＝ジェルマン通りの地下鉄マビヨン駅の方から。高い建物の谷間のような古い小路は、私の記憶のなかではいつも黄昏れたようなほの暗さにつつまれている。そんなはずはない。私がそこに足を踏入れるのは、きまって真昼の時間であったのだから。それとも高い建物にさえぎられ、そこは終日陽がさすことがなかったのか。いや、やはりそのほの暗さは、私の記憶のあやうさなのか。

かつて、一九五〇年代のなかごろ、まだ画家の卵でしかなかった野見山暁治がその小路に足を運んだのは、そこの十番地の地下室に住むある日本人男性の人柄と思索の跡に触れるため、そしてまた、いやたぶんそれ以上に、彼がこしらえてくれる「特別にうまいスープ」に惹かれてであった。

その地下の中庭のような場所は「道路よりもっとゴツゴツした石畳だ。一方は道路の壁、三方は八階建てのアパルトマンがひしめいて、遥か上に空が見える」。近所の人が熊洞（熊の穴ぐら）とよぶその地下室の一室に、椎名其二がフランス人妻マリと、芸術的製本でかろうじて暮しを立てていた。

それから二十数年後に、そんな地下室の存在などには気づかぬまま、私は同じ十番地の一階にあるレストラン、オー・シャルパンティエ（以下オーを略す）のうまいポトフーと、愛嬌たっぷりのウェイトレスに惹かれて足を運んでいたのだった。

その店を教えてくれたのは、私が日本語の講師をしていたラングゾー（パリ東洋語学校）の生徒のエリーズだった。ある寒い日、午前の授業を終えてどこで昼食をとろうかと思案していたとき私に声をかけ、自分の車でその店に連れて行ってくれたのだ。

エリーズはたぶん三十なかばと思われたが、若いクラスメートのなかではずいぶん大人びて見えた。日ごろは教室の後方の席にひとりだけ離れてすわり、授業がおわるとさっと出て行く。そんな学生が、その日にかぎって気やすく話しかけてきたので憶えているのだ。食事の後、席をカフェに移した。彼女は口数の少ない静かな女性だった。美人というのではないが、肉の薄いくちびるにうかぶ微笑には、どこか少女のようなあどけなさがあった。いちど大学を卒業したのち職につき、またもどって来て日本語を勉強している、そのうち日本に行って働きたいと言って、私の住所と電話番号をたずねたりした。

エリーズが私をシャルパンティエに連れて行ってくれた日は木曜日だった。それを憶えているのは、そのとき食べたポトフーが大変私の口に合い、そしてそれが毎週木曜日の昼だけの定食のメニューであると知って、しっかりと頭にきざみつけたからだ。

サラリーマン風の定連で混む気楽な店だった。アンナという名の小柄な、ウェイトレスとよぶよりむしろおばちゃんとよびたくなる中年の女性がひとりで店内を切りもりしていた。その後ひとりで二度、三度と足を運ぶうちに私の顔ばかりか好みの品までもおぼえ、ひどく混んでいるときなど、上手に一人分の席をこしらえてくれた。礼を言うと、茶目気たっぷりにウィンクしたりした。

ちょうどそのころ、パリに来ていた友人のIにこの店のことを教え、木曜日の昼に連れて行った。案の定、ここのポトフーは彼の口にも合った。アンナも気に入ったようだった。以後、私以上にこの店の木曜日の常連となった。

マビヨン通り十番地の建物の地下に穴ぐらがあり、そこに椎名其二が住んでいたことをはっきりと知ったのは、それから何年か後、野見山暁治の『四百字のデッサン』を読返したときだった。最初読んだときは、自立を貫きパリで窮死したこのアナーキストの生き方にばかり興味をひかれ、それ以外のこと、住まいのことは読みおとしていたのだ。その穴ぐらで野見山は森有正ともよく顔を合わせている。パリに留学しそのまま帰国せず、東大助教授の職を失ったこの少壮哲学者のことは、私たちの間で有名だった。崇拝者も出はじめていた。その人が女性問題のもつれに悩み、あるいはまた、東大にもどるようすすめられ、どうしたものかと決めかねて、何よりも自立心を尊ぶこの人のもとに相談にやってきて、「ほら、これが日本で大学教育まで受けた人なんだぞ」と、けんもほろろに扱われるさまなども野見山は他の章で描いていて、私の関心をひいた。

ここで少々先回りになるが、後年、蜷川譲の『パリに死す　評伝・椎名其二』（一九九六年、藤原書店）を読んで、このマビヨン通りの穴ぐらとレストランについて詳しいことを教えられた。第二次世界大戦後、住居に困っていた椎名に手を差しのべたのがシャルパンティエの先代の主人であったこと、椎名夫妻は一時しのぎという条件で、この地下の物置に入れてもらい、一九四六年から約十年間ここで暮したこと（そのころ野見山や森と親しくなったのだ）など。

ついでに私は、その通りの名が十七世紀の博学なベネディクト僧マビヨンの名からとられていること、その十番地の三階建の建物はルイ十四世の厩の一つであったことなども知った。

さて元にもどって（元とはどこなのだ）、後にのべるような事情で椎名其二の名をかろうじて記憶にとどめていた私は、愛用するレストランの地下にその椎名がむかし住んでいたことを知り、いささか興奮した。さっそくIに知らせるとひどく驚き、私以上に関心を示した。彼は以前に椎名に会っている。会うだけでなく、一緒に仕事をしたこともあったのだ。

と、ここまで書いてきて、椎名其二なる人物について何の紹介もせずにいたことに気づいた。おくればせながら、つぎに略歴を記す（蜷川讓の前掲書による）。

椎名《しいな》其二《そのじ》は一八八七年（明治二十）、秋田県の角館に生れた。早稲田大学を中退して渡米、ミゾリー州立大学でジャーナリズムを学び、農村問題、社会問題、文学などに関心をいだき、一九一六年にフランスに渡る。

パリで、イギリスの無政府主義者の詩人エドワード・カーペンターの紹介により、近代地理学の開祖といわれるジャン゠ジャック・エリゼ・ルクリュの甥のポール・ルクリュを知り、彼を頼って農村に住み、農作業に従事する。その土地の人妻と恋仲となり駆落ちしてパリへ。石川三四郎らを知る。二〇年に長男ガストン誕生。

二二年、妻子を連れて一時帰国、早稲田大学、早稲田高等学院などで教鞭をとる。大杉栄の後をついでファーブルの『昆虫記』を訳す。

二七年、ふたたび渡仏、第二次世界大戦中は日本大使館で働くかたわら、レジスタンス運動を助ける。戦後しばらくは「熊洞」で、手作りの製本によってかろうじて生計をたてながら暮す。そこを追出された後、リューマチのためパリのオテル・ディウ施療院に入院（長年の貧困と過労で健康をひどく損ねていた）。妻は息子の家に引きとられる。

五七年から六〇年まで単身帰国（Iが彼を知ったのはこの時期である）。日本に幻滅、六〇年にフランスにもどり、六二年、コシャン病院で死去。

蜷川讓によれば、見舞いに行ったときこう言ったそうだ。

「このごろ、本当に自由人の意味がわかってきた。（……）君、大きな荷物をしょい込むな。妻、子供、地位、車……みんなそれなんだよ」

彼はすくなくとも、妻子の世話にはならずに窮死した。マリとは正式の婚姻関係は結んでいなかったようだ。

生前、「成功を避けよ」をモットーとしてきた椎名にとって、ジャン＝ポール・ラクロワの『出世をしない秘訣』はまさに自分のための本と思われた。五七年に帰国したさい、翻訳して理論社から出す。その編集を担当したのが、当時同社に勤めていたIだった。

久しぶりにその訳書を書棚から取出してみた。新書判の「リロン・らいぶらりい」シリーズの一冊で、真紅の表紙カバーには本文の挿画同様、諷刺画家アンリ・モニエのデッサンが描かれている。約二百ページ、定価百七十円。私の持っているのは「一九六〇年一月第2刷」となっている。訳者の「あとがき」の日付が「一九五九年晩秋」であるところからみると、発売と同時にたちまち二刷のタイミングだが、はたしてその後、三刷はあったのか。いずれにせよ二刷ほどの「成功」はおさめたわけである。

中扉に、スウィフトの文句がエピグラフとして引かれている。

「野心というものは、人びとを、まことに卑劣きわまる行為に駆りたてるものだ。つまり、攀じのぼるための姿勢は、這いつくばる姿勢と同じってわけさ」

目次を見ると、「流行作家にならぬために」の章に、当時二十九歳でまだ独身であった私は鉛筆で丸印をつけていた。その章の「結婚をするな」の見出しにも印がしてある。小説家の妻は野心家が多く、夫を成功させようとして、独身時代の悪友を追っぱらい、「為になる人」「有用な関係」のみを家に招く、と書いてある。そのほか、世間の話題になりそうな派手な内容のものは書くな、とか、文学賞はもらうな、そのためには、文学賞が欲しいと機会あるごとに書いたり語ったりせよ。さらには、原稿を出版社に渡すな、本を書くな。

このように書いた作者のジャン＝ポール・ラクロワは、皮肉なことにこの本でアルフォンス・アレー賞をもらった。賞金は葡萄酒一本だけ、というのがこの賞らしい。

Iによれば、むかし会ったころの椎名其二はごく普通の老人（当時七十すぎ）にしか見えなかった。ある日、神田神保町の白山通りの「いもや」という、安くてうまい天麩羅屋に案内したことがあった。そこの定食を、こんなうまい天ぷら食ったのははじめて、と言われ、返す言葉に困ったそうである。

そのとき、どんな話をしたかすっかり忘れた、と彼は言う。しかしひょっとしたら「大きな荷物をしょいこむな」と訓され、その影響をつよくうけたのではあるまいか。その後やがて彼は退社し、「大きな荷物」をしょいこむことをさけ、今日まで「本当の自由人」として暮している。

フランス中部の小さな町セリイで開催されたシャルル＝ルイ・フィリップを顕彰する集りに私が参加したのは、一九九九年の五月のことであった。それについては「シモーヌさん」という文章にくわしく書いた。

出発に先立ち、シンポジウムの前後の数日をパリで過ごす日程を組み、ホテルの手配などをしているうちにレストラン・シャルパンティエのこと、エリーズのことを思い出した。滞在中に一度くらいはあの店で食事をしたい。もう二十年近くも昔のことだった。エリーズからはたしか帰国後しばらくして絵葉書をもらい、返事を出した記憶がある。それきりで、以後、音信は絶えていた。それでもあの店にはじめて連れて行ってくれた女性とふたたびそこを訪れる、このたわいない空想は、わずかの間私をたのしませてくれた。

古い手帳に残されていたパリ郊外の住所に宛てて、とどくかどうかは期待せず、とにかく滞在日程、ホテルの電話とファックスの番号などを知らせておいた。

セリイからパリにもどってホテルの受付に訊いてみた。しかし、やはりエリーズからは何の伝言もとどいていなかった。

翌日は、晴れてはいるが空気はひどく冷たかった。前日までの暑いくらいの陽気が一夜にして冬に逆もどりしたような、はげしい気候の変化だった。以前、ちょうどこの季節に雪が降ったことを懐かしく思い出した。寒い夏、とつぶやき、こういう場合に備えて持って来ていたコートを羽織って昼前に宿を出た。

ソルボンヌのあたりの書店を何軒かのぞいた後、馴染みのカフェに憩った。むかしエリーズといっしょに行った店だった。

午前中のテラスは人気がなかった。

客がひとり、本をよんでいた。横顔からは、男女の区別はつかない。

寒気を避けて屋内の席をえらんだ。体を暖めるためにウィスキーを注文した。

この場所からあらためて見ると、テラスのひとりの客は女性らしかった。髪を短く刈っている。年齢ははっきりしない。

しばらくぼんやりとその女性の姿をながめていた。

それからコートのポケットからシンポジウムの資料を取出し、目を通した。

再びテラスに目を向けると女性は姿を消し、かわりに日当りのいい席をえらんで何組かの客がすわっていた。

シンポジウムのことが、あとさきの関係なくよみがえってきた。再会できたシモーヌさんのこと。病み上りの身で、夜半までつづいたパーティに最後まで居残っていたが。……おやすみなさい、またあした、と、当然あした会えると信じてあわただしく別れ、ついにそのままになってしまった心残りが、悔いとなって尾をひいていた。

テラスはいつのまにか、ほぼ満席になっていた。色とりどりの半袖姿の若者たち。テーブルの間を忙しそうに飲物を運んで回っているギャルソン。店内も混んできていて、昼食をとっている者もいた。

時計を見ると、もう一時にちかい。

さあ、ぼつぼつ行くか。そう胸のうちでつぶやき、グラスの底の薄くなったウィスキーの残りを飲干した。

勘定を払おうとギャルソンを呼ぶが、なかなか来てくれない。

待つ間、道順を思い描いた。サン＝シュルピス教会の方からか、それともサン＝ジェルマン通りの方からか。どちらから行っても、距離はそう変らないように思われた。

迷わずにたどり着けるだろうか。

不安が、ふと胸をかすめる。

その日は木曜日ではなかった。それにもう五月もなかばすぎ、メニューからポトフーは消えているにちがいなかった。

シャンソンの話

あるとき、「VIKING」に詩を書いている黒田徹が私に言った。

「ぼくの小学校時代の同級生で、パリでシャンソン歌手をしているワサブローという男がいましてね」

日本人がパリでシャンソン歌手としてやっていけるのか、と怪しみながら、事情にくらい私は黙って聞いていた。黒田はさらに詳しい話をしたように思うが、あまり関心がないので聞きながしていた。

それから何カ月、あるいは何年か経った二〇〇八年の六月に、黒田徹の二冊目の詩集『家路』が編集工房ノアから出た。その巻末に「言葉で描いた画集」という題の解説文を書いているのがワサブローだった。

それによると、彼が黒田徹と小学校で同級だったのは二年間だけで、二十二歳のときパリへ行き歌手となってからは音信が絶えていた。三年前にコンサートで京都に帰って来ていたとき電話がかかってきて、四十年ぶりの再会が実現した。彼は黒田の詩をシュールレアリスムの絵にたとえ、「この詩集の表紙を描くならルネ・マグリットやろなと僕は勝手に決めている」と結んでいた。

遠い、どこか架空の存在のように感じていたワサブローなる人物が、にわかに現実味をおびてきた。

とはいえ、それ以後も私の頭のなかでは、この解説文の書き手とパリのシャンソン歌手とがぴったりとは重ならなかった。まだどこか、顔か足のあたりに非現実のもやがかかっている、そんな危い感じを拭いきれずにいた。

『家路』の刊行からおよそ一年後の五月はじめに、出版を祝う会が開かれることになった。送られてきた案内状を見ると、発起人のなかにワサブローの名があった。いま日本に帰って来ているらしかった。

当日、まぎれもないその本人が顔を見せた。そして黒田徹に連れられて私のところにやって来て挨拶をした。京都弁丸出しの日本語で。

こうしてワサブローはやっと、目鼻も手足も（そしてもちろん声も）ちゃんとそなわった生身の人間となった。

その会でワサブローは、女性ピアニストの伴奏で二曲歌った。一曲目は有名な「パダン・パダン」をフランス語で、もう一曲は茨木のり子作の「わたしが一番きれいだったとき」、これはもちろん日本語で。ゆたかな力づよい声だった。

シャンソンを生演奏で聴くのは、考えてみれば三十年ぶりのことであった。

私の好きな茨木のり子のその詩が曲をつけられ、歌われていることをはじめて知った。作曲者は吉岡しげ美というシンガー・ソングライターで、茨木のり子のほかにも新川和江、高良留美子といった女性詩人の詩に曲をつけて歌っているということを、後に新聞で知った。

「わたしが一番きれいだったとき」を歌うまえに、ワサブローはこれを黒田君のお母さんに捧げます、と言った。

その会には黒田徹の母親の弥栄子さんをはじめ、妻と二人の子供たち、つまり黒田一家が総出で出席していたのである。

「わたしが一番きれいだったとき」を黒田の母親に捧げるのにはわけがあった。ひとつは彼女が茨木のり子の詩を好きなこと。それともうひとつ、この方が重要なのだった。

黒田夫人は美しいひとだった。それは八十なかばをすぎた今も変らない。ワサブローが中学生のころ、彼とその友人たちが西陣の黒田の家に遊びに行ったのは、主にその美しいお母さんを見るためだったのだ。

ワサブロー少年にとって憧れのまとであったその美しいひとのために、往時の思慕の情をこめて、彼は歌ったのである。

そして私は感動した。

十三、四のワサブローが黒田の家に遊びに行っていたころ、私も黒田家を訪れていた。酔っぱらって泊めてもらったこともある。

黒田徹の父親の黒田憲治さんは私より六つ年上のフランス文学者であったが、私は京大人文研に入ってから、多田道太郎さんを通じて親しくなったのだった。

黒田、多田の両人は麻雀好きで、早速私や同僚のM君を仲間に引込もうとした。そして麻雀の手ほどきをすべく黒田家に連れて行った。

迎えてくれた黒田夫人は大変美しく、また気さくなひとであった。私を義理の弟かなにかのように親身に遇してくれた。

憲治氏同様、麻雀好きの夫人は早速教育係となって私の後ろに身を寄せ、牌をのぞきこみながら小声で「これ捨てなさい」とか「これは捨てたらアカン」などと教えてくれた。

美しいひとの存在をすぐ背後に意識し、私は固くなってしまった。麻雀どころではなかった。

茨木のり子の「わたしが一番きれいだったとき」は曲も歌い手もよかったが、私の胸をゆさぶったのは何よりも歌詞であった。

この詩は戦争中および敗戦直後の辛い時期をうたっている。空襲で廃墟と化した街、多くの死者、飢え、そして敗戦……

わたしが一番きれいだったとき
だれもやさしい贈物を捧げてはくれなかった
男たちは挙手の礼しか知らなくて
きれいな眼差だけを残し皆発っていった

ワサブローがこころをこめてうたうその歌のことばを追いかけながら、私の胸に、まだ三十代なかばの、おそらくは「一番きれいだった」ころの黒田夫人に麻雀の指南をうけながら身を固くしていた、若き日のうぶで無様な自分の姿がよみがえってきた。そして自分もまた「やさしい贈物」ではなく「挙手の礼」しか知らず、いやそれさえもわきまえず何も残さずに去って行った男たちの同類であったかのような、深い悔いにも似た感情がこみ上げてきたのだった。

その会で、ほぼ一カ月後に開かれるワサブローのコンサートの案内状をもらった。会場は下鴨東本町のARS LOCUS内の音楽ホール。時間は午後の二時と七時の二回。入場料三千五百円。

下鴨東本町というのは私の家から歩いて数分である。ARS LOCUSというのにも見覚えがあった。

そこの通りの南側に、前面がちょっと洒落た造りのオレンジ色の三階建のビルがあり、その一階の店舗に、手編みの婦人物セーターなどが陳列されているのをよく見かけた。ときどきその前を通りながら、ARS LOCUSなんてラテン語の店名をつけてキザだな、と思ったことがある。ARS LOCUSは英語にすれば、たぶんART SPACEとなるのだろう。この建物のどこにワサブローが歌えるようなホールがあるのかと、このたび注意して見ると「アーズロクス　ニット工房」と小さな看板が出ていて、そのわきから二階へ上がる階段がのぞいている。上階にホールがあるらしい。

その後、黒田徹に会うと、

「ワサブローのコンサートの会場、山田さんとこからほんま、すぐですね。行かはりますか。ぼくは行くつもりですが」と言った。

「うーん、行くつもりだけど……」

たしかにすぐなのだから行って当然みたいだが、私は言葉をにごした。

「約束はできない。その日の体調次第で……」

最近はこんなあいまいな返事をすることがふえた。

当日はやはり朝から何となく疲れをおぼえ、午後、横になってそのまま眠りこんでしまった。ワサブローにも黒田徹にも済まぬ気がした。

体調不良はたしかだった。しかしそのほかにもいろいろあったと思う。会場が近すぎて何時でも行けるという気のゆるみ、さらには物ぐさ。

するとと七月に入ってからまた、ワサブローのコンサートの案内状がとどいたのである。日は八月七日で、それ以外はすべて前回と同じ。宣伝文句は「こんなフレンチ・シャンソン知ったはりますか」

前回好評につき再演ということか。こんどこそ聴きに来てくださいよ、と直に呼びかけられているような気がした。

七月下旬のある日（「海の日」だった）、夜九時半ごろ新聞のラジオ欄を見ていると、ＮＨＫ・ＦＭで「シャンソンざんまい」という特別番組をやっているのに気がついた。正午すぎから延々と、まだつづいているらしい。

スイッチを入れＦＭに合わせて横になった。すると「ワサブローさん、云々」という司会者の声が耳にとびこんできた。えっと内心さけんだ。ワサブローの方から家にやって来られたような気がして私は身を起した。

彼はまず「ゴエモン」という曲を歌った。

「ゴエモンいうてもあのゴエモンとちごうて、海草のことですねン」

そうワサブローは解説した。先日の会のとき耳にした京都弁丸出しの日本語で。それから曲のあいだに、こんなこともしゃべった。

「エージェントに言われて、このところしばらく日本にいて演奏活動させてもろてます。秋には東京でもコンサートやらせてもらいますよって、どうぞ聴きに来ておくれやす」

ワサブローにはこれ以外の日本語はないらしかった。

この丸出しの京都弁とシャンソンの結びつきは独特の効果を生んで、私につよい印象を残した。全国の聴取者はどう感じたことであろう。

その後でワサブローはまた、「パダン・パダン」と「わたしが一番きれいだったとき」を歌った。

その夏は長逗留の客があって、その相手をするのに気を奪われていた。すでにワサブローのコンサートに行ったような気になっていたらしい。

こうして私はついにワサブローと再会できず、また折角のARS LOCUSの音楽ホールを拝見する機会も失った。それでいいのだった。

＊

シャンソンを生演奏で聴くのは三十年ぶりだと前に書いた。それで思い出した。その三十年前というのは、ちょうど私がパリに暮していた一九七七年から七九年にかけての二年間に当る。その前半の約一年間、私は九区のコーマルタン通りに下宿していた。ところで、その通りのいちばん南の端に、シャンソンで有名なオランピア劇場があったのである。

すこし詳しく説明すると、コーマルタンというのは南北のかなり長い通りで、番地の数の多い方から逆にたどると、北はサン＝ラザール通りに始まって私の下宿の建物の前を通り、その角に有名なプランタン百貨店のあるオスマン大通り（そこまでが私の生活圏）を横切ってさらに南へ延び、マドレーヌ大通りに至る。その角のところにオランピア劇場が位置しているのだった。私の下宿から歩いて二十分足らずの近さである。それで、夕食を下宿の自炊ですませ、ほろ酔い気分でぶらりと出かけても、九時の開演に十分間に合った。フランスでは、夜の催物はふつう九時開演である。

オランピア劇場ではバルバラ、ナナ・ムスクーリほか数人の歌を聴いた。ナナ・ムスクーリを聴きに行ったときのことである。

私の席は一階の前から二列目の真中あたりだった。

会場に着いたとき、私の席と隣の席の二つだけが空いていた。着席して、隣にどんなひとが来るかと興味をいだいて待っていた。

やって来たのは、ひと目で日本人とわかる四十前後の小柄な、品のよい若奥さん風の女性だった。ひとりというのが珍しかった。

計らずも日本人ペアが出来上った。こうなると黙ったままでいるのも落着かなくなり、日ごろの自分に似合わず「失礼ですが日本の方ですか」と言葉をかけてみた。このような場合、迷惑そうな、あるいは怪しむような表情をうかべる人が多いようだ。ところがそのひとはちがった。気さくな人柄とみえてすぐに打解け、すすんで自分のことをしゃべりはじめたのである。

現在はスイスのローザンヌに、時計会社に勤める夫と住んでいる。たまたま、子供と主人の母親を連れてパリを旅行中、ナナ・ムスクーリの公演を知り、二人をホテルに残してやって来た、ナナ・ムスクーリのファンなので——ということであった。

私についてはなにも訊ねなかった。

ナナは、小編成のオーケストラの伴奏で歌った。前の方の席のおかげで、容貌をつぶさに観察することができた。長い黒い髪、黒ぶちの大きな眼鏡。これは、私の持っているレコードのアルバムのジャケットの写真の記憶が混ざりこんでいるのかもしれない。いずれにせよ、いかにもギリシャ人らしい、つくりの大きな派手な顔立ちだった。だが歌は顔でなく、声で聴くものである。

その夜のプログラムにはハジダキス、テオドラキスら有名なギリシャの作曲家の歌がいくつかふくまれていたと思う。後で知ったことだが、その年、ギリシャの歌でレコード大賞を受賞したナナがオランピア劇場でデビューしたのが、ちょうどこの夜の公演だったらしい。

アンコール曲を二つ歌ったが、そのうちのひとつは、「愛のよろこび」だった。恋人に去られた田舎の若者が歎く、恋のよろこびは束の間、恋のかなしみは一生つづくと。私の好きな曲なのでこれは憶えている。

二曲歌いおわっても拍手は鳴り止まない。しかし伴奏の楽士たちはすでにみな引上げてしまって、これ以上は何もないはずだった。

拍手はしだいに鎮まっていった。

するとそのとき、後の席から誰か前の方へ出て来るのが見えた。小柄な白髪の女性だった。舞台の下まで来ると、のび上がるようにしてナナにむかって何か言った。

"Le temps des cerises, s'il vous plaît."

そう私には聞えた。

ナナはにこやかにうなずいた。

場内から、ふたたび拍手がおこった。

隣席の女性が身を寄せて「何ですの」と小声で訊ねた。「さくらんぼの実るころ」と教えると、ぱっと顔をかがやかせ、小さく手を叩きはじめた。私も負けじと手を叩いた。

ナナはマイクを握り、伴奏なしで、自分の部屋にいるような寛いだ調子で、パリ・コミューンのときに生れたというこの有名な曲を歌った。

劇場を出たときは、すでに十一時を回っていたと思う。美しい歌の数々に気持の昂った私はこのまま帰るのも惜しく、何か飲みながらおしゃべりしたくなった。パリでは遅すぎる時間ではない。まだ私から離れずにいる若奥さんを誘うと、素直に応じてくれた。

カフェに入り、カウンターに腰をかけた。相手に何をと訊ねると、何もいらないが、持帰り用にクロック・ムッシウを注文してほしいと言う。こんな時間に、変っているなと思いながら、ギャルソンにその旨伝え、自分はビールを注文した。

クロック・ムッシウというのは、パンにハムとチーズを挟みオーヴンで焼いたホットサンドイッチである。私は、においを嗅ぐのも嫌なのだった。

シャンソンの話のはずが、脇へ逸れていく。

カウンターに並んですわり、ひとりだけビールを飲む私の胸に、いくつもの問いがうかんできた。

クロック・ムッシウお好きですか。こんな時間に買って帰って、誰が食べるのですか。おかあさん、子供さん、それともあなた?

見ると、となりの婦人は黙りこみ、私のことなど忘れて物思いにふけっているように見えた。

ひたすらクロック・ムッシウの出来上がるのを待っているのか。いや、ちがう。コンサートの余韻にひたっているのだ。「さくらんぼの実るころ」を胸のうちで反復しながら。

そんなひとにどうして、クロック・ムッシウを誰が食べるのかなどと形而下的なことを訊けよう。

私もまた物思いにふける恰好で黙々とグラスを口に運んだ。

注文の品が出来てくると彼女は代金を払い、さっさと帰るそぶりを見せた。私はあわてて残りのビールを飲干し、店を出た。

そのひとの泊っているのは私も名前は知っている大きなホテルで、歩いて帰れる距離にあった。送って行こうと申出ると、当然のことのように受入れた。

真夜中ちかい人通りまれな大通りを、肩を並べて歩いた。黙々と歩いた。

秋の夜更けの寒さに身が縮む。

となりの女性が片手で胸に抱きかかえる紙袋から、焼けたチーズのにおいが漏れ出るような気がした。

一体、自分は何をしているのか。こんな名も知らぬ、いわば行きずりの女性を深夜、ホテルに送って行ったりして。

沈黙が重荷になってきた。何かしゃべることはないかと焦った。しかし胸のうちでナナ・ムスクーリとクロック・ムッシウとが鉢合わせして、言葉にならないのだった。

　どこを通ったのか憶えていない。

　思ったよりも長い道のりに感じられた。

　やっとホテルのまえまで来た。

「ここです」

　突如、ひとことそれだけ言うと、私の連れは身を翻すようにしてそばを離れ、小走りに入口のポーチに駈けこむと扉の奥に消えた。

ニーノさんのこと

色川武大への追悼文でありまた「恋文」でもある大原富枝の短篇「男友達」を読んで心を動かされ、一面識もない作者に手紙を出したいきさつは、以前に別のところで書いた。もう、かれこれ十五、六年も前のことである。

その手紙がきっかけで始まった文通のなかで大原さんに紹介されたニーノというイタリア人のことは、いまもときおり懐かしく思い出す。本来はフランス文学が専門なのだが、京都大学にイタリア語を教えに行く予定だから、いちど会ってみるようにとすすめられたのだった。

その人物のことは、作者から贈られた短篇集『メノッキオ』のなかで、少しは知っていた。メノッキオというのは、歴史家カルロ・ギンズブルグの『チーズとうじ虫』

に出てくる、異端審問で火刑に処せられた粉挽屋ドメニコ・スカンデッラの通称である。

その物語のなかに、作者自身とおぼしき作家の笛田あさがボローニャを旅行中、その大学でフランス文学を教えるニーノ・ペテルノッツリとその母親に会う話がはさまる。

「大きな体格をしているが頑丈というのではない。どこかひ弱な感じがする。イタリア人らしい道具立ての大きな立派な顔だが、淡いブルーのひどくはかなげな瞳をしている。母がスエーデン人だったから、どことなく北欧系の匂いがする」

ニーノは不思議な男で、貧乏なくせに、つねに二、三人の居候をかかえている。気の毒な人を見ると、助けずにおられないのだ。

『メノッキオ』の礼状を出すと返事が来て、こうしたためられていた。

「ニーノはわたしがフランスから帰国した翌夜電話をくれました。いまごろはアドリア海の中の小島でマザーと泳いでいるはずです。秋には是非彼とお逢いになって見て下さいませ。日本人にはいないタイプの男性です。お身体お大切に」

すすめにしたがって、その年の十月にニーノなる人物に会いに行った。これもまた大原富枝の大切な「男友達」のひとりであろうし、私の敬愛する作家がそれほど言う以上、会っておくべきだろうと考えたのである。それでもふんぎりがつかぬまま、イタリア語のできる若い同僚のM君に相談すると、ニーノならよく知っているからと、家に連れて行ってくれた。

ジョヴァンニ・ペテルノッツリ、通称ニーノは、京都のイタリア文学関係者の間では有名な人物らしかった。北白川の京大農学部グラウンド近くの日本家屋にひとりで住んでいた。独身のように見えた。学生風の日本人の若者が一人、同居していた。

年のころは判別しかねたが、たぶん私より少し下だったろう。つまり五十代のおわりごろということになる。大原富枝が書いているとおり、背がひじょうに高かった。ひ弱な感じというのもそのとおりで、こめかみあたりの薄く破れそうな肌に、血管がうっすらと青く透けて見えた。神秘的な印象をあたえる水のような淡いブルーの瞳、簡素な、修道士を思わせるもの静かなたたずまい。とにかく不思議な、たしかに「日本人にはいないタイプの男性」だった。

私が大原富枝に紹介された旨をのべると、ニーノは、あのひとはすばらしい作家で、自分は『婉という女』をイタリア語に訳したと言った。これは相当な人だな、と認識をあらたにした。

夕方になって外に出て、白川通りの居酒屋風の店に入った。M君と私はビールを注文したが、ニーノさんは水でいいと言う。ウーロン茶もことわり、水しか飲まなかった。どことなく禁欲的な感じから、何か宗教的な理由でもあるのかと思ったが、実はそうではなかった。

大原富枝によると、ニーノは以前に脳腫瘍の手術を受け、かろうじて一命をとりとめたが、以後タバコ、酒はもちろんのことコーヒー、紅茶、日本茶も一切受けつけぬ体になった。飲めるのは「純粋な水」だけ。

そうと知るとあの薄く繊細な肌から淡い瞳の色まで、すべてが「純粋な水」で出来ているような気がした。

からだのなかだけでなく、こころのうちにも不思議を抱えこんでいるニーノなる人物のことは、その後もひとつの謎のように胸に残った。

それから一年あまりたって、京大教養部にイタリア語の講座が新設され、この機会に私はニーノの国の言葉を学ぶことを思い立った。まさに六十の手習いである。さいわい、その授業は私の空き時間だった。毎週一回、私は自分のフランス語の授業を終えると、あわてて研究室にもどり、こんどは学生となってイタリア語の教科書を持って別の教室へ足を運び、最後列の席に身を隠すように着席した。初級文法の担当は日本人の先生だった。先生だけでなく学生にも、私は目ざわりな存在だったろう。しかし停年近くなって、一学生として教室に坐るのはなかなかおもしろい体験だった。

二年目の中級クラスになって、先生がニーノに代った。最初の時間、学生のなかに私の顔を見つけると、旧友との再会を懐かしむような表情をうかべた。そして授業が終るとそばへやって来て、あの不思議な神秘的な瞳でじっと私を見て Sta bene？（お元気ですか）とやさしい声でたずねた。私は会話のテストをうけるように固くなって、Si. と答えるのが精一杯だった。

毎時間、ニーノさんはわずかな時間を割いて、数名に減ってしまった学生相手に書取りをした。その静かな、どこか歌うような声の抑揚に私はしばし聴きほれた。イタリア語っていいな、どうしてもっと早く始めなかったのだろう、などと考えもした。

書取りが終ると学生の間を見て回り、長身の体を二つに折曲げてのぞきこみ、綴りの誤りを直した。できがいいと、Bravo！とささやいた。

ニーノさんはオペラが大変好きだった。もちろんイタリア・オペラである。ある日、カセットテープとレコーダーを持って教室に現れた。そしてベッリーニの『ノルマ』の第一幕でノルマの歌うあの有名なアリア、Casta Diva…（清らかな女神よ）を聴かせてくれた。歌っているのはマリア・カラスだった。

ニーノさんはあごに手を添え、曲に耳を傾けながら、どこか祈るような、また悲しげな表情をうかべて足もとをじっと見つめていた。終りまでくるとChe《ケ》・Bello《ベッロ》!（何て美しい）とつぶやいて冒頭のメロディを口ずさみ、テープを巻きもどしてまたはじめから聴かせてくれた。

ニーノさんの声には、聞く者の気持をやさしく鎮め慰めるような力があった。その声が聞きたくて、声だけでなく全身から発する俗世を離れたような、どこかはかなげな不思議な魅力に惹かれて、私は毎回教室に足を運んだ。

ニーノさんはやがて帰国した。その前に名刺をくれ、ボローニャに来ることがあったらぜひ連絡してほしいと言った。その機会もなく過ぎ、恩返しのつもりでイタリア語で手紙を書こうかなどと考えながらのびのびになった。あるときM君に消息をたずねると、先年ボローニャで会ったが、元気でまだ大学で教えているそうであった。相変らず居候を二人置いていた。……いちど手紙を出そうと思っているのだがと言うと、ニーノは返事はくれませんよと笑った。

いまでは私のイタリア語も銹びてしまった。しかし、ニーノさんとともに過ごしたわずかな時間は、大学在職中の数少いしあわせな思い出として残っている。

ときどき Che bello！と口に出して言ってみる。

*

敬老精神

最近、自分の作品集のために年譜をこしらえる必要が生じ、その作業に手こずった。はじめはごく簡単なものですませるつもりでいたが、この機会に自分用に詳細な執筆記録を残しておこうと方針を変更し、単行本未収録の短文の切抜きを取出した。

寡作な私でも、五十年もの間には溜まるものだ。われながら呆れた。塵も積もれば山となる、ではなく、積もり積もった塵の山といったところか。

そのうえ整理下手なので、初出の不明なものがいくつかある。そのひとつを調べるのにも多くの時間をとられる。途中で、すっかり忘れていた古い文章を読返したり、他人の書いたものに目が移ったりと道草をくうので、半日ぐらいはすぐ経ってしまう。

むかし、「ＶＩＫＩＮＧ」に発表した「幸福へのパスポート」が「文学界」に転載されたのは、正確には何年の何月号であったか。その号を本棚の隅から引っぱり出して埃をはらう。昭和四十三年三月号、およそ三十六年前である。

表紙に「芥川賞受賞第一作／幼年時代　柏原兵三」と出ている。懐かしい名前である。三十八歳の若さで死んだこの作家の名前を、受賞作「徳山道助の帰郷」とともに憶えている人はもはや多くはあるまい。

目次を開くと、その「幼年時代」につづいて、「われらの文学」と題する大江健三郎と柏原兵三の対談がのっている。また「新鋭創作特集」として丸谷才一「年の残り」（一三〇枚）、辻邦生「叢林の果て」（一一〇枚）。

「編集だより」に、柏原が独文なら、丸谷は英文、辻は仏文、「期せずして外国文学者による創作特集となった感がある、云々」とある。ちなみに、これに仏文の大江を加えた四人は、いずれも東大文学部の出身である。そういえば、大学で外国、ことに欧米の文学を勉強した「新鋭」が相次いで文芸誌に小説を発表するようになり、文学の変質が言われはじめたのもこのころだった。

「幸福へのパスポート」は、目次の最後のところに〈同人雑誌推薦作〉として白ぬきで大きく出ていた。選者の小松伸六も東大独文出である。私はスカトロジーを趣味とする「京都学派の才人」と紹介されている。誰のことかと疑う。

尾崎一雄の「文芸随感」というのが目にとまった。見開き二ページの随筆で、ちょっとのつもりがつい引込まれた。

師と仰ぐ志賀直哉の、生涯を顧みて「無駄な仕事はしてゐない」という言葉を引いて、自分は駄作がいかに多いかと尾崎一雄は反省する。ところが最近の文士は六十をすぎても「平気な顔でどかどかと書いてゐる」。大岡昇平は一年間、新聞に文芸時評をやった後に、こう感想をもらした。「もしこのままもう一年続けたら（…）人間嫌い文学嫌いになってしまったかも知れない」と。誇張だろうと思いつつも、尾崎は共感を禁じえない。

ちょっと脇道にそれるが、むかし、学年末の多忙な時期に大学時代の先生を訪ねると、山ほどのレポートや卒論を読みおわったばかりの先生は、「頭が悪うなったような気がする」とぼやいたものである。これも大岡昇平の心境に近いか。

元にもどると、尾崎一雄は一番怖いのは老人性失禁だと言い、さらにこう続ける。

「七十、八十になつてちやんとしたものを書く人があつて、これには頭が下るが、ときどき失禁状態としか思へぬしまりのないものを書く人がある。批評家も敬老精神を発揮するから、本人はいいと思つてゐるのではあるまいか。そんなのを見ると他人事ではないと気が沈んでしまふ」

当時、尾崎一雄は六十八歳。三十代のおわりであった私はこれを読んでどう思ったか。老人のぼやきぐらいにしか考えなかったのではあるまいか。そもそも、この文章のことなどすっかり忘れていたのだ。

ところがいまや「七十、八十」組に仲間入りした私は、数年来、尾崎と同じようなことを、「老人性失禁」という言葉まで真似るようにして考えたり、口にしたりしている。むかし読んだのが胸に染みこんでいて、時を経て意識の表面に現れてきたのか。それにしても「批評家も敬老精神を発揮するから」とはなあ。

このように、年譜づくりには再発見があるが、副作用もきつい。「塵の山」を前にして、老人性ならぬ若年性失禁のあとをながめるがごとき慚愧の念、いや、もうまったく気の沈むことである。

小沼丹で遊ぶ

一九七九年末に刊行が開始された『小沼丹作品集』（全五巻、小澤書店）のうち、初期短篇を収めた第一巻だけを私は持っている。気にかかっていたこの作家のものをまとめて読んでみようと思い立ち、三八〇〇円という当時としてはかなりの高価にもかかわらず購入したのだった。ところが期待は外れた。たしかにうまくはあるが、推理小説仕立てが小細工じみて好きになれなかった。それで作品集を買いつづける気が失せたのである。

ふたたび、というか、あらたに小沼丹を読むようになるのはさらに十数年後、一九九〇年代に入って『懐中時計』、『小さな手袋』、『埴輪の馬』が講談社文芸文庫で出たときであるから、ずいぶん遅い読者である。私は小沼丹の後期から、遅れて出発した。

一九六三年四月（小沼四十五歳）、妻が肺からの喀血で急死したときの心境を、彼はつぎのようにのべている。

「（前略）突然、風のやうに消えてしまつたから、たいへん迷惑した。生きてゐたら、

——とんでもない奴だ。

と怒鳴りつけたい所だが、死んでしまつたのだから、張合の無いこと夥しいのである」（「喪章のついた感想」、'63・9）

御用聞の小僧に、女房は死んだよと告げると、うそだろうと笑う。その顔を見ているうちに何だかおかしくなって、こちらも笑いだす（「十年前」、'75・5）。

こうした気持の乱れに整理をつけるため小説を書こうとするが、うまくいかない。主人公を「僕」にしても「彼」にしてもべたつく感じで、しっくりいかない。

「此方の気持の上では、いろんな感情が底に沈澱した後の上澄みのやうな所が書きたい。或は、肉の失せた白骨の上を乾いた風がさらさら吹過ぎるやうなものを書きたい」

そう思い悩んでいるとき「大寺さん」を見つけた。見つけたというより、ひょいとどこかから現れた（同）。そのおかげで「黒と白の猫」その他のいわゆる「大寺さんもの」をいくつか書くことができた。

私が小沼丹を好きになりはじめるのは、このあたりからである。まもなく彼は、小説らしい小説を作ることに興味を失い、あるいは「作らないことに興味を持つやうになつ」て、「自分を取巻く身近な何でもない生活」を題材に書くようになる（『懐中時計』のこと」、'91）。小説か随筆かの区別などどうでもよい。「肉の失せた白骨の上を乾いた風がさらさら吹過ぎるやうな」などと、後から見れば小沼丹らしからぬ気張りを必要としない、飄々たる文章、その融通無碍な散文世界に遊ぶのは楽しい。

以前に随筆集『珈琲挽き』（'94、みすず書房）を読んでいて、「かしらん？」という言回しの多さが気になり、暇に飽かして頻度を調べてみたことがある。

八十五篇中、「かしらん？」が出てくるもの六十九篇、総回数は九十四。その六十九篇のうちの十八篇には二回、四篇には三回出る。その四篇とは「盆栽」（'79）、「出羽嶽」（'85）、「長澤先生」（'86）、「想ひ出すまま」（'87）である。原稿用紙四枚程度の短文のなかの三回は、かなり目立つ。なお『福壽草』（'98）に収められた「水」（'90）には五回、「湖水周遊」（'77）には七回出てくるが、これらは比較的長い文章である。「かしらん？」が最初に現れる作品が何であるかは調べていない（暇はあるが根気がない）。『珈琲挽き』にかぎって見るなら、いちばん古いのは「床屋の話」（'73・3）である。参考のため『福壽草』で見ると、一九七〇年以前のものでは「名画祭」（'59・8）に一回、「あの頃の新宿」（'68・10）に二回出てくるだけ。——とここまで書いて「小さな手袋」（'59・3）を読返してみたら、早くも出ていた。『椋鳥日記』（'74）には十一回出てくる。

こう見てくると——綿密に調べもせずに言うのも何だが——「かしらん？」は一九五〇年代おわりからぼつぼつ現れはじめ、頻度を増すのはどうやら一九七〇年代後半、作者の五十代おわりごろからのようである。

「かしらん？」を意識しはじめると、それを楽しみに読みすすむようになる。早々と、たとえば「古い唄」や「遠い人」のように、最初の二行目に現れると、もうこれでおしまいかと淋しくなる。そこへもう一度出てくると、特別サービスをうけたような気になる。

最後のページまで現れず、もうだめかと諦めていると、最終行にばあ、といった感じで顔を出したりする。たとえばこんな風に。

――家の者が柳川にするつもりで買ってきた泥鰌のうち数匹を庭の池に放す。そのまま忘れていて、一年ほど経ったある日、夕立の後で庭をながめていると、土のうえで泥鰌がはねている。それからまたしばらくして、晴れた日に、家の者が「頓狂な声」で呼ぶので行ってみると、池に泥鰌が一匹「ひよろひよろと垂直に立つて」いて、そのうち一廻転して水に沈んで消える。「泥鰌つて愛嬌があるのね……」と家の者が感心する。「たかが泥鰌のことで頓狂な声を出すな、とたしなめるつもりでゐたのだが、それを忘れたのは、泥鰌の愛嬌を認めたせゐかしらん?」(「泥鰌」'77・2)

こういうのに出くわすと、つぎのような考えがうかぶ。作者は私のような無邪気な読者をじらせて楽しもうと、故意に最後の最後まで「かしらん?」を残しておいたのではあるまいか――私の小沼丹は、こんな想像も許してくれる。

ある時期から、小沼丹は「かしらん?」をレトリックとして意識的に用いはじめたように思うが、どうであろうか。それが二度、三度と現れると、ほほう、ご機嫌うるわしく小沼節の連発だなと、逆に一度も出てこないと、今日は心楽しまずか、などと勝手に解釈する。

はたしてそうだろうか。

晩年、親しい人に相次いで逝かれ、みずからも病を得て酒の飲めぬ体となった作者が、「大寺さん」同様、この「かしらん?」にも何物かを肩代りさせようとしたのではなかろうか。深まるこの世の憂さ、侘びしさといったものを。心楽しまぬときにこそ「かしらん?」なのだ。ふと黒い影がよぎり、胸のうちが「ほろ苦く」湿り気を帯びそうになるその瞬間、「かしらん?」と躱し、とぼけてみせる、まず自分自身にたいして。——といったことをぼんやり、のんびり想像するのだ。そして最後にすこしばかり恰好をつけるため、こう書き足したくもなるのだ。このとぼけたふり、ノンシャランスの擬態、これこそ小沼丹の魅力、文章の芸——いや、そんな大袈裟なことでなく、先生、ただ遊んでいるだけではないのか——しらん?

はじめての同人雑誌——「結晶」のこと

講談社の『残光のなかで——山田稔作品選』には著者作成の「年譜」が付いている。その一九四七年の項に、

「一二月、「秋風㈠」を「京都一中新聞」八号に書く」とあり、翌四八年の項には、「このころ、中学時代の友人小堀鉄男、恒藤敏彦らと同人雑誌「結晶」を出し、四号まで続ける。エッセイ、小説習作を書く」とある。

この年譜をこしらえているとき、「結晶」は手もとになかった。手もとにはないが、家の押入れのどこかにあるはずだと思っていた。そう思うだけだった。探したりしていたら、「年譜」づくりは前に進まない。いずれそのうちに、と先送りしながら時が過ぎた。

そして夏のある日、ついに決心してその「過去」のつづら、古い手紙などのいっぱい詰まった、ずっしりと重い段ボール箱をひきずり出したのだった。

そのなかからたしかに「結晶」の一号から四号までが揃って出て来た。古色蒼然の言葉どおり、しみの散った紙面はまさに古色蒼然、ながらく外光に晒されていないため蒼ざめて見えた。永年、暗所に幽閉されていた老人の顔みたいである。

すっかり忘れていた。六十年近い時が流れている。珍しいものを見るような好奇心がわくのも無理はない。

一号は、表紙の背のあたりが虫に食われたのか、ところどころ穴があいている。触れるとぱらぱらと崩れるのではあるまいか、そんな危さをおぼえつつ、そうっと手に取ってみた。

判型は普通の雑誌より一回り大きく、表紙は粗悪な本文よりは少しはましな白紙、その中央に赤、黄、紫の三本の線が、上から下まで約一センチ間隔で引いてある。その線のそれぞれがまた、一ミリほどの幅の二重の線になっている。

左上に「結晶」と白を紺色の線で縁どった誌名、右下に「1」と号数が、赤の線でこれも縁どってある。左下に紺で「1948.3」と発行年月。そしてほぼ中央に、同じく紺色で「Crystal」と右上がりの筆記体で記されている。最初のCと最後の1は花文字風で、とくに1は何かの尻尾のように、はね上っている。

本文五十二ページ。全文、青いインキのガリ版刷り。

さて内容だが、印刷が不鮮明で、読むのにたいそう苦労する。不鮮明どころか字が欠けている箇所もある。ひどいページは半分以上、判読不可能である。

その点を「編輯後記」はつぎのように謝っている。

「諸君も気づかれたと思うが印刷が非常にまづいのである。これは最初、ガリバン専門の印刷屋でやってもらふ予定だったのが、費用の関係でとうとうこちらでやることになった。勿論金が足りなかったのであるが、この点は仕方ないと思ってゐる。だから印刷は僕の字による。読みづらいかも知れぬが、その点どうか御かんべん願ひたい」

途中を略してもう少しつづけると、

「そして会費は少々余った。だから次号の用紙をそれで買ひ求めておかうかと思ってゐる。第一号を出して第二号がないなんて、どこかの警察にひっかかったエロ雑誌みたいでいやだから、諸君もこの休みを理用《ママ》して次号の作品を作ってくれる事を希望する」

この筆者はT・Kすなわち小堀鉄男である。いま、あらためて「ご苦労さん」と言いたい。

「後記」につづいて「会計報告」がのっているのがおもしろい。

「収入＝同人出費…八百十円
一号二十五部売上…七百五十円（見込）
支出＝紙代…三百四十円
筆稿・印刷代…八百円
絵具　鉄筆その他…百六十円
次号紙代…三百円」

売上金七百五十円のしたに（見込）とあるのが笑いをさそう。刷った部数は不明だが、一部三十円で売ったことがわかる。

参考までに書くと、当時、カレーライス五十円、コーヒー二十円、京都の市電六円であった（「週刊朝日」編『戦後値段史年表』による）。

奥付によると、編輯人恒藤敏彦、発行人小堀鉄男、発行日は昭和二十三年三月、月刊となっている。発行所は結晶同人会。

昭和二十三年三月というと、私たちの京都一中五年終了（卒業）のころである。

本文の内容は、右にものべた理由から、いちいち紹介するのは不可能にちかい（ここまでも、拡大鏡で辛うじて読めたのだ）。「発刊の言葉」と目次ぐらいでご勘弁ねがいたい。

が、その前に、表紙をめくると、その裏に英文がタイプしてある。こいつは見過ごせない。詩が三篇。ひとつはキーツ、つぎはゲーテ（『ファウスト』より）、三つ目はボードレール。後の二篇は英訳で、印刷はなはだ不鮮明。これも紹介は諦めて、「発刊の言葉」に移ろう。

「いよいよ我々の雑誌「結晶」第一号が発行されるに至ったことは、喜びにたえない。始めに幾多の困難にもかゝはらず、この雑誌がともかく生れ出たことについて、御盡力下さった方々に厚く感謝しておかう。

我々がこの様な同人雑誌的なものを持つことはあながち無意味でないのみならず、これから新しい時代に本当な人間として育ち行くべき我々にとって必ずや大きな価値があり、又多くのものをもたらすであらうことを確信する。我々は相互に啓発しあひ、高めあひ、少しでも理解しあって人間的成長をなすのだ。この雑誌はそれの一つの舞台としての役をかふわけである。我々はこれを何ものからも自由に自分自身の思想を、研究を、発する場所としたい。最後に我々の若さからくる情熱と新鮮さと、そして健全な知性からくる上品な知的な香りとが、一杯にこの小雑誌の中にあふれるやう切に希望しておかう」

つぎに「目次」(改行はせず、ページ数は略し、作品名はカッコでくくった)。

「発刊の言葉」、「片輪者」山田元造、「雑感」稲上正、「世紀の狂人の遺稿」中村重徳、「別れ」山田稔、詩「ペンを揮って」ナカムラ・シゲトク、「血の價」小堀鉄男、「いひわけ」中井寛吉、「黄色い太陽」恒藤敏彦、「さんぽ」T・S、詩「幻想」石田弘文、「群獣(その一)」小堀鉄男。その他、「映画「キャラバン」を見て」、「前進座に疑問」、書評(片山敏彦「ロマン・ロラン」)、「「秋風」読後感」、コント「指先」。

このほかにMaxim, Vision, Poemといった囲みがページの余白を埋めつくす。あるいはゲーテ、あるいはパスカル。高見順の詩「草のいのちを」があるかと思うと、マルチン・ルター、エマーソン、「アミエルの日記」などからの引用が英語で並んでいる。たしかに「健全な知性からくる上品な知的な香り」に満ちみちている。

マルクス、レーニンの言葉が引かれていないところに、この雑誌の思想的傾向を見ることもできるだろう。河合栄治郎流の戦前の教養主義、穏健な自由主義の線である。芥川龍之介の親友であった恒藤恭（当時、大阪市大学長）の次男恒藤敏彦のカラーでもあっただろう。これは前年（一九四七）に創刊された京一中新聞の傾向とも似ている。この新聞を編集したのも小堀鉄男であった。

「目次」の最後に「懸賞！」とある。ここで一息つけるのかと、そこを開いて見て仰天。そのページ全部が英文なのだ。くわしく紹介する気力もないが、要するに八行から成る英文をgood-Japaneseに訳せ、ご褒美に「すてきな景品」をあげます。その景品というのが、一等賞Ningen Zuiso、二等賞Poetical Works by Whitman、三等賞"Time". Judge：Mr. NAKAI, T.T.

息抜きどころかお勉強である。「知的な香り」に窒息しそうになる。

なんという「同人雑誌」であろう。

審査員のT・Tとは恒藤敏彦、ミスター・ナカイは「いひわけ」を書いている中井寛吉先生。当時、京都一中で英語を教えていて、「編輯後記」の同人紹介では「これはもう云はない方がいゝらしい」と書かれている。それほどの「有名な」人物、「結晶」の黒幕、いや後楯的な存在だったにちがいない。合評会を兼ねた集りも、この先生の自宅で開かれている。その席ではドブロクなどが飲まれたのであろう。なお、中井先生の晩年の姿は、小堀鉄男が「零」第五号の「果ての二十日」で描いているので、本誌の読者はご存知であろう。

——つい筆が逸れた。

くだくだと第一号の紹介をしてきたが、二号が出るのは四カ月後の七月、三号は十月、月刊は守られてないが、よくやったというべきだろう。

第一号の知的・教養主義的傾向はその後も引継がれている。二号も三号も体裁は一号と同じだが、「知性」は表紙にまで溢れ出て、二号では同人の誰か、たぶん恒藤敏彦の手になるつぎの英文が掲げられている。

On this stage we can say any opinions or thoughts freely, frankly and clealy.（最後のところなど韻をふんでいますね）。

三号に至ってはパスカルのかの有名な文句、「考える葦、云々」が原文のまま、つまりフランス語で引用されているのだ。

最初、小堀鉄男と恒藤敏彦のふたりを中心にはじめられたこの「結晶」は、どうやら三号までは、後に理論物理学者となる恒藤の知性主義の影響をつようけていたように思う。「結晶」という誌名も、たしか恒藤がスタンダールの『恋愛論』のなかの「結晶作用」にヒントを得てつけたものだった。

――こう書いてきて思い出した。一九四七年の暮、クリスマスのころ、田中大堰町にあった恒藤の家に小堀と私が集って、恭先生の書庫でもある敏彦君の書斎の石炭ストーブを囲んで、小堀が調達してきたカストリの一升びんを空にしながら、夜を徹して雑誌の相談をしたことを。

二号からは印刷はやや鮮明になっているものの字は相変らず小さく、しみだらけの紙のうえでは読みとおすのはやはり苦痛である。

三号は表紙に、パスカルの文句とともに、目次が掲げてある。島田和子、寺田和子、赤木郁と三人の女性の名が見える。十月に男女共学になった鴨沂高校で、「フェミニスト」の小堀が早速獲得した女性同人たち。そのうちのひとり、詩「メルヘン」の作者の寺田和子は、現在の小堀夫人。つまり彼は詩と作者の両方を同時にゲットした、まさにゲッツーである。
この目次には自分の名前は出ていないので安心して見ていくと、英文のページがあって、なんと作者は私ではないか。題は「The Night」。よう言わんわ、である。だがこの翌年、鴨沂高校文芸部の雑誌「年輪」二号にも、私は「The Morning」という、これと対をなすようなものを書いている。相当な英語少年だったらしい。ひょっとしたら、二号の表紙の英文の作者も私だったかもしれない。……一号の「編輯後記」の作者紹介で、「新聞にも原稿を出された如く、わび、寂的センスを持った人で仲々の聖人君子」などと冷かされている私だが、ユダの姿を描いた「血の價」を発表している早熟な小堀などにくらべると、いかにも稚さが目立つ。

さいわいにも「結晶」は「エロ雑誌みたい」に一号でつぶれることなく、四号までつづいた。一号の売上金も無事、回収されたのであろう。結局、私は毎号、習作ともよべぬものを書き、二号からは編集にも加わった。

四号は堂々、活版印刷である。型も普通の大きさ。表紙は表も裏もべったり濃紺一色で、その左下に横組みで白く「結晶」と抜出してあるだけで号数は示されていない。忘れたのではあるまい。シャレたのか。一号以来、どうやらこのブルーというのが

「結晶」の知性主義をあらわす、いわばシンボルカラーだったようである。
内容の紹介をしているひま（と根気）がないので、せめて目次だけでも書出しておこう。

「かんざし」中井寛吉、「投影圖」小堀鉄男、「白い花」恒藤敏彦、「吐気」山田稔、「肺病やみの彼」神崎昭伍、短歌「霧」寺田和子、小品「一モダニズムへの疑惑」稲上正、「学生演劇」山田元造、「戀の試練について」石田泰、「自覺の限界」Z・Z・Z、「編輯後記」（小堀、山田）。本文二十八ページ。

なお、同人名簿によれば同人数は十六名。

右の目次のなかの「吐気」は、中学生がカストリを飲んで二日酔に苦しむ話。「戀の試練について」は、男女共学になったばかりの新制高校の若い教師が、教え子の女の子への恋に悩む話。こうしたことを大っぴらに書ける時代だったのだ。

内外の思想家の名言や詩で余白を埋めつくすというウルトラ知性主義の傾向は影をひそめ、やっと普通の同人雑誌らしい体裁をとったところで、「結晶」は一九四九年三月発行のこの四号で終刊となった。どのような事情によるのか忘れたが、高校を卒業して皆それぞれの道を歩みはじめたということであろう。小堀は大阪に就職し、恒藤と私は六月に京大の、彼は理学部、私は文学部に進学した。

いま、この粗悪な紙の小冊子に目を通して思う。はたして「発刊の言葉」にあるように、「新しい時代に本当な人間として育ち行」ったかどうかは別として、われわれはやはり、ここから出発したのだと。低い暮しのなかで、ときに高すぎる思いを胸に燃やして。

それからおよそ半世紀が経って、会社を定年退職した小堀鉄男は「零」をはじめた。三つ児の魂、百まで。最初の同人雑誌が「結晶」、おそらく最後になるであろうこれが「零」。最初が物理学、最後が数学、偶然ながら理数系で首尾一貫している。

「結晶」のバックナンバーを今も保存している人が、どれだけいるだろう。中心人物であった恒藤敏彦はどうか。小堀鉄男はどうか。一年ほど前だったか、小堀と酒を飲んでいてその話が出たとき、どこか押入れの奥にあるはずだが、とおたがい同じようなことを口にし合ったものだった。その後、かれは探し出しただろうか。たぶん否、そうと決め、いささか得意な気持になってここまで書いてきて、ふと反省が生じた。やはりこれは、思い出のつづらのなかに封じ込めておくべきものではなかったのか。

白日に晒されると、変質してしまうのではないか。だが、つづらの蓋は、すでに開けられたのである。

松川へ

松原新一の長篇評論「怠惰の逆説――広津和郎の人生と文学」（「群像」'97年十一月号）を懐かしい思いで読んだ。広津和郎は、私が二十代に愛読し影響を受けた作家のひとりである。いかにも時代離れのしたこの評論の題、とくに副題、論のすすめ方、文体などによって、私は四十年も五十年もむかしに連れもどされるような気分におちいった。

この評論のはじめに松原新一は、九五年十二月に松川事件の元被告のひとり本田昇氏に会って、広津和郎の松川事件とのかかわり方について訊ねた話を紹介している。本田氏は同事件の一審、二審で死刑の判決をうけ、後に無罪となった人である。その無罪をかちとるために尽力した広津和郎は、いわば命の恩人にあたる。ところが晩年の広津は、松川事件とのかかわり方について「結局、ゼロだよ」と洩らした。そんなことはないでしょうと言う本田氏にむかって「いや、僕にとっては、ゼロだよ」と繰返したという。

このくだりを読んで私は、最高裁で全員無罪の判決が出た日、広津がそれを祝う場に姿を見せず、ひとり自宅にこもっていたというエピソードを思い出した。若いころ、十九世紀末ロシアのニヒリスト作家の作品につよい影響を受けた広津和郎には、一貫して虚無的な思想が流れている。それは父柳浪の人生観から受けた影響とも重なるだろう。

さて、これから書くのは広津和郎論でも、松原新一の評論についての感想でもない。この評論のよびおこしたある種の懐旧の情、そのなかにまだらに浮かび上ってきた松川事件と自分とのかかわりの記憶、いわば松川事件にまつわる私的回想、そのかけらにすぎない。一九五二年（昭和二十七）三月はじめに、私は松川へ行った。

松川事件が起った一九四九年八月、私は京大文学部の一回生であった。一回生といっても、その年の入試は学制改革のため遅れて六月初旬におこなわれ、七月一日に入学式、翌日から夏休みという変則な状態だった。したがって私たちは、いわば入学浪人のような宙ぶらりんの立場におかれていた。その奇妙な夏休みの最中の八月十七日未明、福島市の南の松川と金谷川の中間で青森発上野行列車が転覆し、機関手と助手三名、計四人が機関車の下敷きになって死亡した。これが松川事件である。

当時は国鉄労組による首切り反対闘争がくりひろげられていた。前月の七月に起った下山事件、三鷹事件はこの反対闘争と関連づけられ、組合の指導者たちが相ついで逮捕された。

松川事件でも同様だった。ただちに国鉄および東芝の労組の活動家二十名が犯行容疑で逮捕され、物的証拠のないまま自白のみによって一審判決では死刑五名、無期懲役五名その他の有罪判決が下された。これを不服とした被告側の申立てによって裁判はやり直しとなり、一九五一年から五二年にかけて第二審の審理がおこなわれた。世間の一部では、これは下山、三鷹の事件同様、共産党勢力のつよい国鉄労組を潰滅させるために仕組まれたＣＩＡによる謀略ではないか、といわれていた。

その謀略説を裏づけるべく、国民救援会という共産党系の組織の提唱で、松川事件調査団が派遣されることになったのである。

一九五二年二月のある日、三回生になっていた私は、文学部の建物の近くで、顔見知りの京大細胞の学生から松川に行かないかと誘われ、行こうと応じた。当時松川事件に関心をいだいていたのである。

だが松川に行くには金が要る。カンパ活動をしなくてはならない。そこで翌日の昼食時に西部構内の学生食堂にカンパ用の紙箱をもって出かけた。なにしろはじめての体験なので戸惑った。当時はまだハンドマイクなど普及しておらず、私の小さな声は場内の喧騒に掻消された。するとそのとき、そばに立っていたおそらくは党員の学生が大声であたりを静めて私の活動をたすけてくれた。

学生カンパのつぎは、教授たちだった。まず桑原さんのところへ行った。当時、人文科学研究所にいた桑原武夫教授は「第二芸術」などによって論壇で名を知られていたが、文学部で文学概論の講義を担当していて、私は熱心な受講生であった。文学や政治の問題についてざっくばらんにしゃべってくれる桑原さんの気さくな人柄、またいわゆる進歩的思想にも私は惹かれていた。湯川秀樹、朝永振一郎らの平和問題懇談会のメンバーでもあり、松川事件についてもつよい関心をいだいているはずで、私の目には、もっともカンパを要請しやすい教授にうつった。

当時はまだ京大本部構内の、西門の坂を上って少し行った左手にある古い木造二階建の建物のなかにあった人文研に桑原さんを訪れて松川行きの趣旨を説明し、カンパを求めると、桑原さんは例の鼻声のざっくばらんな口調でこう訊ねた。

「伊吹さんとこに行ったか」

いいえと答えると桑原さんは、

「仏文の学生なら、まず伊吹さんとこに行くべきや」

と諭すように言った。当時は伊吹武彦さんが仏文科の主任教授だった。

なおもじもじしながら立っている私の方を、何か思惑ありげな笑みをたたえた表情でながめて、桑原さんは穏やかな口調で繰返した。

「ま、伊吹さんとこに行ってごらん」

私は楽勝気分を挫かれた思いで研究室を出た。桑原さんの真意がもひとつ測りかねた。主任教授の態度を気にするなんて、あの人らしくない。

伊吹さんのもとを訪れるのは、気が重かった。まず主任教授に、というのは儀礼上のことかもしれない。しかし伊吹さんに断られたらどうなるのだろう。伊吹さんは政治問題だけでなく、万事にわたってきわめて慎重な人だった。「反動的」ではないが、政治や学生運動などには関りたくない、「中立」でいたいという態度があきらかだった。コンパの席でも文学や政治の議論は嫌いで、二次会には付合わず、さっと姿を消す。その点、桑原さんとは対照的であった。

私のカンパの要請にたいし、伊吹さんは最初きょとんとした顔をした。それは芝居ではなく、まさかきみが、と真におどろいているように見えた。私は学生運動の活動家ではなく、伊吹さんの仏文演習に精勤に出席しているマジメな学生と見られていたのである。伊吹さんとしては虚を突かれた思いだったのであろう。

伊吹さんはちょっと首をかしげ思案する仕ぐさを見せた後、何もたずねずに上着の内ポケットに手をやり、札入れから百円札を五枚とりだすと、「それではこれを」と言って差出し、微笑に細めた目で私を見た。

断られるかもしれぬと半ば覚悟していた私は、すべてがうまく運んだことにむしろ拍子ぬけした感じをいだいた。後になって私は何度も、金を差出したさい、伊吹さんの顔にうかんだかすかな微笑を思い出した。あれもまた、内心を包み隠すあの人特有の表情、いわゆる伊吹スマイルのひとつだったのか。ま、面倒な議論はやめにしてこれでお引取りを、というつもりだったのか。それとも、あの人でも心のうちでは松川事件に疑いを抱いていて、松川へおもむこうとする私を暗に励ましてくれていたのか。

この後、私はまるで鬼の首でも取った気持で足取りも軽く、ふたたび人文研に桑原さんを訊ねた。

「伊吹先生とこに行って来ました」

と声を弾ませて言うと、桑原さんは「カンパもらえたか」とたずね、ええと答えると、ほうといった顔でさらに、

「なんぼくれた」

「五百円いただきました」

「そんなら私も五百円あげよう。伊吹さんより多かったらわるいしな」

と、いたずらっぽい笑みを浮かべ、金を手渡してからだしぬけに、

「きみは党員か」と訊ねた。

「いいえ。シンパですが党員ではありません」

と答えると、桑原さんはうんと軽くうなずき、松川からもどったら一度報告に来るようにと付加えた。

仏文関係ではもう一人、生島遼一教授が残っていた。しかし教養部まで足を運ぶのは気が重かった。貴公子然とした生島さんは、伊吹さんとは違った意味で、私にはやはりカンパを要請しにくい相手だったのである。

最後に、私は誰かにすすめられて学園新聞社にカンパを求めに出かけ、ここでも五百円もらった。ただし、もどって来たら報告文を寄稿するという条件付きで。カンパはその原稿料の前渡しだったのである。

これらのカンパを合わせると千五百円、それに学生からのものを加えると、当時としてはかなりの額に達したはずである。ここで参考までに、一九五二年はじめころの物価のいくつかを示しておこう（週刊朝日編「戦後値段史年表」による）。

公務員の初任給が約七五〇〇円、岩波文庫（星一つ）が四〇円、京都の市電が一〇円、一九四九年度の国立大学の授業料が年間三六〇〇円、国鉄の大阪・新橋間の乗車券が六二〇円、コーヒーが三〇円。

私の松川行の準備はなんとかととのった。出発までに打合せの集りがもたれたはずだが、そのあたりの記憶は完全にぬけ落ちている。ただひとつわかったのは、京大からは私のほかにイタリア文学の学生が一人参加することだった。ただしその男がどのようないきさつから参加するに至ったのか、費用の調達はどうしたのかなどは知らなかった。

　こうして私は松川へ出発する。

「三月一日午後二時過ぎ、われわれ民間調査団の一行六名（中五名学生）は福島駅に降りた。東北の空はどんよりと灰色に曇っていた。予想にはんして街に雪はなかった」

　先まわりするが、学園新聞に寄稿した松川事件調査団参加の報告文を私は右のように始めている。だが、福島駅に降立つまでのことを補っておかねばならない。

　京都を発ったのは二月二十八日の夜。一行六名のうち、ひとりは労働者だったと思う。私以外の四人の学生のうち、思い出せるのは二人だけである。

　ひとりは角帽をかぶった立命館大学の学生で、その角帽がこのような場では異様な印象をあたえた。

　もうひとりは、さきに触れたイタリア文学専攻の学生だった。たしか、カワムラといった。それまでに口をきいたこともない男であったが、会ってみれば見覚えがあった。血色のわるい痩せた顔に、驚愕に見開かれたような、大きく飛び出た目玉。私はひそかに彼をバセドウ氏病とあだ名していたが、その、どこか突飛な風貌の男と、所もあろうにこの松川へ向かう駅頭で顔を合せることになろうとは予想だにしていなかったのである。

ふだんは飄々と風に吹かれてひとり歩いているその姿から、私が勝手に無口で近づきにくい男だと決めていたそのカワムラなる学生は、しかし意外に陽気で饒舌な男であることがわかった。その陽気さも饒舌もいささか度をこした感じであったが、それもこれも、松川へ向かう緊張、興奮のあらわれだと思うことにした。彼の話によると、彼はアナーキストだそうであった。それと松川行きとがどこでどう繋がっているのか、私はあえて訊ねることはひかえた。私としては、顔見知りが一人でもいるだけで十分だったのである。

これにくらべ、立命館の学生の方は無口だった。私より多分一つ二つ年上らしいその男の無口さを私は、最初のうちカワムラとくらべ、沈着のしるしと頼母しく感じていたが、やがて次第に不安になってきた。彼もまた松川へ向かって緊張し、心細く、私たちを頼りにしているのではあるまいか。要するにこの、どこかかすかに貧乏ゆすりをしているような感じのおとなしい男は活動家ではなく、私のように掻き集められてきたシンパのひとりにちがいない。そう考えると、彼の沈黙は人柄の重厚どころか小心のしるしと映り、自称アナーキストの躁状態とはまた別種の不安を掻き立てるのだった。

大阪発の夜行列車は混んでいて、かろうじて空席を二、三別々に取れただけで、何人かは通路に坐り、途中、交代で席を替った。発車後しばらくして検札がすむと、カワムラは靴を脱いで座席のうえに立上った。何をするのかと見ていると、網棚の支柱の鉄棒につかまり、座席の背に足を掛けると器用によじ登った。そして荷物を押しのけてこしらえた狭い空間に細い体をすっぽりとおさめると、そのうえからオーバーをかぶって姿を隠した。同時に旅の中の彼の存在は、私の記憶からも消えてしまうのである。

翌朝、われわれ一行は上野で東北本線に乗継ぎ、午後二時すぎに福島駅に降立つことになる。

駅の近くに、国鉄労組福島支部の黒く煤けた木造の建物があった。東北の灰色の冬空に大きな赤旗がはためいていたか、それともだらりと垂れ下っていたか。忙しそうに動き回るいくつもの黒い人影。インターナショナルの合唱。——私の記憶の空白を他のどこかで見た情景、あるいは映画のなかのシーンが埋めていくのは如何ともしがたい。その建物の二階の大広間に、全国各地から参加した調査団の人たちが集められ、翌日の行動についての説明を聞いた。私たちは「現場検証」をおこなうことになっていた。

その夜、われわれ京都組は分宿した。私を泊めてくれたのは福島大学の学生だった。畑のなかの農具小屋のような一間だけの小さな家、いや家というよりも小屋と呼ぶにふさわしい下宿に彼は私を案内した。おそらく福島大学の学生細胞の一員、あるいはシンパらしいその学生は、ただ黙々と与えられた任務を遂行しているふうに見えた。裸電球がひとつぶら下る部屋の中央に、小さな囲炉裏のようなものが設けられていたような気がする。彼は一升びんから茶碗に酒（あるいは焼酎だったか）を注いで私に差出した。私たちは火に当りながら冷たい酒を飲み、少ししゃべり、そして早々と寝た。

翌朝、本部に集合した一行はあらためて指示を聞き、松川事件の事故現場に向かって行進を開始した。皮靴で参加していた私は、貸してもらったゴム長に履きかえていた。ゴム長は私の足に大きすぎ、歩くのに難儀した。

一審判決によれば、実行犯のひとりとされる高橋被告は国鉄福島機関区を出発し、途中トンネルの山を越え、畑を横切り、土手を這いのぼるなどして三里あまりの道を一時間半ほどで現場に達した、とされている。それが検察側の主張でもあった。ところが高橋被告は数年前に事故で坐骨骨折の重傷を負い、事件当時はまだ歩行困難の状態にあったことが病院の診断書によって明らかになった。その診断書は一審では握りつぶされていたのである。

その雪に埋もれた道を、われわれは検察側の主張するとおりのコースにそって歩いた。二時間あまりを要した。

それ以後のことは、私自身の報告文に頼らざるをえない。「われわれは最終日刑務所で被告の一人々々と面会した。とくに重い肺結核に犯されている佐藤被告（一審死刑）とは別棟の面会室で会い、握手をかわし激励し合った」

ところで、その「最終日」とは二日目、つまり現場検証をおこなった日で、われわれはその日の午後、仙台刑務所を訪れたのだった。

その大切なひとときについて私は死刑囚佐藤被告と面会し「握手をかわし激励し合った」としか書いていないし、いまもそれ以上のことは思い出せない。ところが、すべてが終了した後で催された「松川事件調査団報告会」のことは、些細なディテールまでも憶えているのである。

その報告会では京都組からも誰かしゃべらなければならなくなった。突然のことに私たちは慌てた。誰も引受け手がない。時間は迫る。ジャンケンやくじで決めるわけにもいかず結局、最長年者の（といってもせいぜい一つか二つ上の）立命館大学の角帽学生に押しつけることにした。気の弱い彼には拒む勇気がなかった。

報告会の会場は、たしか仙台市内の小さな公会堂ふうの建物だった。床に敷かれたござのうえに、動員されてきた人たちが黙って坐りこんでいた。何人かの代表が勇ましくしゃべって、いよいよ私たちの順番が近づいてきた。するとわれらの代表が急に腹痛を訴えて便所に立った。なかなかもどって来ないので気が気でなく、ついに私は便所まで足を運び、戸の外から呼んだ。すると「すみません、誰か代ってください」と、哀れな声が返って来るではないか。こうして急遽、代役が私に回ってきたのである。

止むをえず私は演壇に立った。何をしゃべったか記憶にない。ただ最後に「誰が真犯人であるかわからない」といった意味のことをのべたような気がする。その意気上らぬ結論に聴衆は気を殺がれ、当然のことながら拍手にも熱がこもっていなかった。

あいつ、仮病をつかいやがって。——最初私はそう恨んだものだが、しかし今はちがう。あの学生はきっとひどい緊張から実際に腹痛におそわれ、便意をもよおしたのだ。結局、弱い（?）性格が彼を救うことになったのである。

報告会の後、私たちは夜行列車で東京に向かった。上野駅に、この調査団の責任者ともいうべき国民救援会のバスが迎えに来ていた。世話をしたのはコマツという女の人だった。このひとの名前を忘れずにいるのも不思議である。

そのバスでわれわれは狸穴《まみあな》にあるソ連大使館に運ばれ、「ベルリン陥落」という最新のソ連映画を見せてもらった。いま、キネマ旬報の増刊「ヨーロッパ映画作品全集」で調べてみると、この映画は一九四九年に製作され五二年に日本で公開されている。監督はミハイル・チアウレリ。三時間近い「芸術記録映画」で、音楽はドミトリー・ショスタコーヴィッチ。夜汽車の疲れにもかかわらず、私は引きこまれて見た。

松川からもどってしばらく経ったある日、私は報告のために人文研の桑原研究室を訊ねた。そのときまでに私は、学園新聞への寄稿を済ませていて、その掲載紙を持参していたように思う。原稿用紙五枚ほどのその文章は「真実はだれも知らない」と題され、副題は「松川事件調査団に参加して」となっていた。その文章のおわりの方に「誰が真犯人であるかは知らない。しかしこのような裁判で労働者の生命が奪われてもいいのか」と私は書いている。

私の報告を聞きおわると、桑原さんは「うん、ま、そうやろうな」と温厚な表情に目を細めた。報告の約束を忘れずに果したこと、調査の感想をイデオロギーで色付けせず率直にのべたことによって、桑原さんの信頼が少しは得られたように感じた。

ほの暗い記憶のなかを手探りしつつながながとここまで書いてきて、その筆の動きに誘い出されるように浮かんできたことがある。記憶は往々にして、書くという行為を媒介にしてよみがえるものだ。

松川から帰ってからの月日は波瀾にみちたものとなった。血のメーデー、破防法反対の連日のデモ、ストライキへの処分反対闘争、等々。それらを何とかくぐりぬけて卒論を仕上げ、学年末の試験で残りの単位を取り、私はやっと卒業にまでこぎつけることができた。

試験が終りに近づいたある日の午後、文学部地下の、いつも夜のように裸電球に陰気に照らされた学生控室の近くで、私はある事情通の学生に出会った。大変な不況期で、就職の求人申込みのビラなどほとんど出ていない掲示板の前に立って、誰それはコネで就職が決まったらしい、誰それは留年、といった噂をしているうちに、ふと私は思い出し、カワムラはどうしているかと訊ねてみた。あの夜汽車のなかで網棚をハンモック代りにして外套の下に姿を隠して以来、私の記憶から消え失せていたあの自称アナーキスト（はたして松川までわれわれといっしょに行ったのか）は、いまどこで、どうしているか。たぶん留年だろうが、いずれにせよ、松川行きの仲間として彼のことがやはり心のどこかにひっかかっていたのだった。あのすっとん狂の風貌も懐かしかった。

カワムラと聞いて、最初ちょっと怪訝な表情を浮かべたその訳知りの学生にむかって、私は念をおした。

「ほら、いたやろ、あの目玉の飛出た、けったいな、イタリア文学のやつ」

すると相手は笑いながら、

「ああ、あいつか」と応じてから、何ごとでもないようにこうつづけた。

「あいつなら自殺したらしいで。たしか分裂病とかで」

追記

これを書いてからおよそ三年後の二〇〇一年の秋に、私は京都で開かれた「思想の科学」五十年を回顧する集りを傍聴し、誘われてそのあとの懇親会にも出た。会場に派手な色どりのセーターを着て、毛糸で編んだ帽子で頭をすっぽり隠した、目玉の大きな異様な人物がいた。カメラを手にテーブルの間を歩きまわっていたが、そのうち私に近づいて来ると言った。

「カワムラです。もうお忘れでしょうが」

「あっ、松川の……」

私は絶句した。

*

前田純敬、声のお便り

前田純敬《まえだすみのり》　大正一一・三・九―（一九二二―）小説家。鹿児島市生れ。東京外語仏語科在学中に陸軍入隊。昭和二四年、敗戦直前の鹿児島を一人の中学生の視点から描いた『夏草』を「群像」に発表。間断ない爆撃の恐怖、倦怠《けんたい》と、誇り高い過去の亡《ほろ》びの予感を表現し、芥川賞候補中でも特に光った。長編『練尾布由子』（昭二八刊）等、繊細な作品をいくつか発表したが、以後は小雑誌「Cahier《カイエ》」に短編等を書き、六〇年『喪の女』を私版。寡作の中に厳しい格調を守っている。（奥野健男）（『新潮日本文学辞典』、一九八八）

一九八一年の秋から暮にかけてのころだった。ある日、まったく未知の、藤沢市に住む前田純敬氏（以下敬称略）から、思いがけなく封書の手紙が舞込んだ。おおよその日付を憶えているのは、手紙の内容がその年の九月に出た私の『コーマルタン界隈』の感想、いわばファンレターだったからである。

前田純敬（みな「じゅんけい」と読んでいた）について当時私の知っていたことといえば、富士正晴、島尾敏雄、庄野潤三らとともに「ＶＩＫＩＮＧ」初期の同人で、小説「夏草」の作者であることくらいであった。その「ＶＩＫＩＮＧ」とのつながりも、一九五〇年はじめに彼が東京に去り同人を辞めて以後は、もう完全に絶たれているはずであった。

その遠い過去の人物にすぎぬと考えていた人からとどいた分厚い手紙を前にして、私は何よりもまず奇異の念にうたれた。

前田の作品をひとつも読んでいないことにひけ目をおぼえつつ、とりあえず礼状を出した。すると意外にも、折返し返事が来た。そして二、三日後に、追いかけるようにさらにもう一通とどいた。書き足りなかったこと、書き忘れたことを直ぐに補足せずにはおれぬ性分らしかった。固いペン先で引掻いたような筆跡にも、それはあらわれているようであった。

世の中には電話魔というのがあるが、それとは別に手紙魔もいる。こちらはそう迷惑はかけない。私なども魔ではないにせよ、まあ手紙族ではあるだろう。しかし、見も知らぬ者に宛てて、とくに用もないのに——文通とはえてしてそういうものだが——週に一度（補足を加えれば二度）ながながと（ほとんどが封書だった）したためるというのは、やはり尋常ではあるまい。最も多いときは、一日に封書が二通に葉書が一通、ときには速達でとどいたのである。

内容は主に文学、映画、音楽についての雑談風のもの、それに東京の作家たちや文壇にたいする辛辣な批判がまじることもあり、それはそれで面白かった。この人は孤独で話し相手が欲しくて、どういうわけか、おそらくは手紙族特有の勘から、相手も同類だと嗅ぎとって、それにまた「ＶＩＫＩＮＧ」同人ということも手伝って、私を文通相手に選んだのだろう、そうなかば観念して、三度に一度、いや五度に一度くらいのわりでこちらからも書くことにした。

ただ、この人には手紙のほかに贈物の趣味《マニア》があった。最初のうちは自分の好きな音楽（シャンソンなど）を録音したカセットテープだった。やがてフランス土産の高級ボールペンなど、高価なものがとどくようになった。そもそも、モノを貰うのが好きではない私には迷惑千万、しかも会ったことのない人からだから気味がわるい。

あるとき小さな小包がとどき、次のような手紙がそえてあった。香港土産に印鑑用の石を二つ買って来た。京都には篆刻の名手がいるだろうから、これに山田と前田の印を彫ってもらって、一つを返してもらえないかと。とんでもない。篆刻の名手など知らないからと断って、すぐに送り返した。それ以後、贈物は止んだ。

そのころだったか富士さんに、前田純敬とはどんな人物かと手紙で訊ねたことがある。その返事のなかに、粘着性があるので誤解されやすい、といったことが書かれてあった。しかしそのときは、粘着性も誤解も私にはまだその意味がよくわかっていなかったのである。

ある日、小さくふくらんだ封筒がとどいた。また音楽のカセットテープか、それくらいなら仕方ないと封を切ってみると、自分の声を吹込んだテープなのである。ひんぱんな手紙に加えてさらに声の便りとは。そのときの私の気持をどうか想像していただきたい。聴いてみるどころか、直ぐに封筒にもどすと、不潔なものでもあるかのように押入れの奥に押込んだ。そして完全に無視することにきめた。

それでもなお文通はつづいた。そればかりか、私は本人に会いまでしたのである。

まあ何というか、好奇心からとしか言いようがない。詳しいことは省くが、東京在住の友人で画家の阿部慎蔵に私が前田を紹介し、それがきっかけで銀座での彼の個展会場で三人で会って、そのあと酒を飲んだのだった。その後もう一度、やはり東京で、そのときは「VIKING」の仲間たちと一緒だった。

色の浅黒い、大柄な人で、よくしゃべり、社交的な人のように思えた。私が手紙の文面からいだいていた孤高あるいは狷介といった先入観は完全にふっとんだ。拍子ぬけするほどだった。

富士正晴の死後、一年あまりたって、「VIKING」四五三号（'88・9）に、前田純敬の「弔・富士正晴」という追悼文が載った。そのなかで彼は、富士がエリック・サティを愛好したのは、戦後、久坂葉子から教えられたからだろうが、その久坂にサティを教えたのは自分であると自慢げに書いていた。それが例会での合評できびしく批判された。富士正晴は戦前からサティをよく知っていたのである。

それをきっかけとして前田は自己弁護、さらには富士正晴を批判あるいは誹謗するような手紙を書いてくるようになった。反駁すると、それきり沈黙してしまった。

こうして、数年つづいた文通はあっけなく終った。後で知ったことだが、前田には絶交し、また復交する癖があったらしい。しかし私たちの間には、復交の機会はついにおとずれなかった。

そして私は彼のことを忘れた。

それから十数年がたったある日、新聞に前田純敬の死が小さく報じられているのに気がついた。いま調べてみると、二〇〇四年二月十三日付の京都新聞（夕刊）である。

前田純敬（まえだ・すみのり＝作家）
10日午後7時16分、急性肺炎のため神奈川県藤沢市の病院で死去、81歳。鹿児島県出身（中略）。喪主は長女友紀子（ゆきこ）さん。作品に「夏草」など。

ああ、あのひと、まだ生きていたのか。正直なところ、これが最初の感想だった。早くに奥さんと死別したらしいとは知っていたが、娘さんのことは初耳だった。どんな葬式だったのだろう。葬式の出席者は四、五名がいい、とどこかで書いていたが。

その後しばらくして送られて来たEN-TAXIという雑誌（五号、二〇〇四年春）に、坪内祐三が「『夏草』の作家」という題で追悼文を書いているのを見つけた。坪内は、最近福田恆存の文章により前田純敬という作家を知り、「夏草」を読んで、島尾敏雄、阿川弘之らの戦争小説にひけをとらぬ傑作だと思ったと書いていた。彼の死について書く若い評論家が一人でもいることに、私はかすかな慰めをおぼえた。

現在、私は「VIKING」に「富士さんとわたし——手紙を読む」と題する文章を連載中で、それにかんする資料の類を探す必要がときどき生じる。

今年（二〇〇六）の初夏のある日、そうやって押入れの中をかき回していると、段ボール箱の間に、少しふくらんだ古い角封筒が落ちているのを見つけた。とたんに、あれだとわかった。

絶交後、腹立ちまぎれに手紙の束と一緒に処分したと思いこんでいたが、じつはそうではなかったのだ。不思議な気がした。まるで「富士さんとわたし」の「富士」にひそむ何かが、前田純敬を呼出したかのように。こういうことが、最近ときどきある。

封筒のなかから出てきたカセットには、黄色いラベルが貼ってあり、「お便り　ひどいがらがら声のようです」と鉛筆でしるされていた。

聴いてみようと思った。吹込まれてからすでに何年もたって、しかも話者が死んでしまったいま、いわばすでに時効で、その声からはむかし私をひるませ過剰な反応をひきおこさせた忌まわしさはすでに消え失せ、無害なものになっているはずであった。レコーダーにセットした。再生のボタンを押し、固唾をのんで耳を傾けた。

数秒の沈黙の後、声が聞えはじめた。

「えーっと、あのー、お便りを書きかけていて、右の背中があんまり痛いので、こういういたずら、いたずらというか、安直な方法を思いつきました。あのー、手紙のつづきやら、あのー、雑談的なことがらは、こっちの方がだらしなく、あのー、前後脈絡のないまま、お話ができるかもしれないと思って……えー、この録音機は、さきのディスコを入れたのと別で、安物で、声がうまく入るかわかりませんけど、安直なので、ちょっと、これを使います」

このように、ためらいつつ、おどおどと、間に小さな照れ笑いと「あのー」を何度も挟みながら、静かに語りはじめた。それほど「ひどいがらがら声」ではなかった。それよりも録音機のせいで声がくぐもり、ところどころ聞きとりにくい箇所があった。

身構えて耳を傾けていた私の体から、徐々に緊張がほどけていった。

「あのー、こんどの「文体の練習」、これすごく面白くて、いろんなことを考えたのですが（……）」

　この声の便りの内容は、私の妄想していたのとちがい、主に、私が「VIKING」に書いた「文体の練習」についての感想だったのである。そのことから、カセットテープが送られてきたのが、その号（四二〇号）の出た一九八五年のおわりごろと推定できる。

　ゾラの『ナナ』の翻訳の苦労話であるそのエッセイには、出版社によって東京のホテルにカンヅメにされたおり編集者に連れて行かれた新宿のバーの話などが出てくる。前田はしばらくは、それらのバーの思い出話をだらだらと語った後、翻訳についての自説をのべはじめる。

　あなた方は同業者のことは口を慎んでいるだろうが、自分は「門の外、野の人間だし、ひとりぼっちだし」遠慮なく言える、と前置きして、東京のフランス文学者や評論家の翻訳を批判する。小林秀雄、中村光夫、大岡昇平、みなだめだ。自分が気になるのは語学的というよりは、文化の違いから生じる間違いの方だ。信用できるのは岸田国士、神西清、岩田豊雄（獅子文六）、吉田健一。

　その吉田健一にも誤訳があって、これなど「文化的誤訳の最たるもの」ではないかと思う。そう言って例に挙げるのは吉田訳の『ドガ、ダンス、デッサン』である。吉田さんが亡くなったとき、もらったこのヴァレリーの本を読返していて、ふと気がついた。金持の息子で、大変なおしゃれであったドガが年老いて、目も見えなくなりかけて、ゾエという女中と暮していているという場面がある（以下、「あのー」「えー」を省いてテープをおこす）。

「それは小説的で、すごく面白いんですけど、そこで外出しようとしてヴァレリーの前で着替えをするところが書かれているんですね。そこが吉田さんの訳では「もうまるでかまわなくなって、部屋の中で奥に便所が見えていた」というふうに訳されているんですよ。これはおかしいんじゃないかなあと思って原文を見ると——今、原文は思い出せないんですが——便所なんて言葉は出てこないんですよ。「奥に」というのがどうもあのバ、バス、低いとか奥のバですね、そのバの字（bas）が入ってるんです。それで、ははあとぼくが思ったことは、ズボンのボタンの間から、ええと、そのものが見えていた、とヴァレリーは書いているわけですね。これに気がついたのは、じつは幼児体験の、おやじとおふくろのやりとりなんかで、そうなんじゃないかという気がしたんですが。……むかし、おやじがフロックを着るとき、どうもフンドシをせぬと締らんな、フランスあたりでは年寄りはぜんぶフリチンで、ワイシャツの裾に金玉を包んだだけでズボンをはいているがなあ、と言っていた。どうもおれも日本人でサルマタは締らんから、フンドシしめてみようか、と。そんなことを言っていたのを思い出すと、自分の解釈の方が当っているのではないかと思う。着替えているドガがズボンのボタンをはめないで、その間からシャツの裾や一物が見えていた、とヴァレリーは言っているのではないか」

吉田健一の葬式の後で、河上徹太郎さんと一杯やっていて、吉田さんにも誤訳がある。あれはフランス語から訳したのか、英語から訳したのかと訊いたら、どこにあると詰問され、右の箇所を挙げたら、ひどく機嫌をそこなわれた。

この後、テープはB面に移り、こんどは話を変えてパリの思い出話が同じ調子でつづく。やがて話題が尽き、話し手も疲れたらしくやっと終った。それでもまだテープが余っているからと、手許にあるシャンソンをいれた。"J'attendrai"（「待ちましょう」）という有名な古い曲である。おそらくはリナ・ケッティの歌うその細く甲高い声に、私は前田純敬とともに耳を傾けた。

曲が終った。

「ではこれで終ります。ひどいがらがら声でお聞苦しいとは思いますが。みなさまによろしく」

それで声は絶えた。

なおしばらく私は耳を傾けていた。だが「追伸」はなかった。もう何の声も音も聞えてこなかった。

テープを聞きおわってしばらく経って、前田の指摘した吉田健一の「誤訳」の話に興味をそそられた私は、そこを原文にあたって調べてみた。

問題の原文を少し前から引くと、つぎのとおりである。

J'entre dans l'atelier. Là, vêtu comme un pauvre, en savates, le pantalon lâche et jamais fermé, Degas circule. Une porte béante laisse bien voir au fond les lieux les plus secrets.

吉田健一の訳文は、

「アトリエに居る時、ドガが貧乏人のやうななりをして、スリッパを穿き、何時もズボンの釦を外して歩き廻つて居た。戸が一つ開け放してあつて、その奥の便所がまる見えだつた」

前田の言うとおり、たしかに普通「便所」の意味で用いられる les toilettes という単語はどこにもない。しかし les lieux les plus secrets とある。直訳すれば「もっとも秘められた場所」、つまり「便所」の婉曲な表現で、「はばかり」に相当するだろう。前田はそれを「陰部」とでも解したのだろうか。

一方、彼が記憶にたよって言う「バ」(le bas)という単語はどこにもない。察するに「ズボンの釦を外して」がつよく印象づけられていて、それが父親の文句と結びつき、「ワイシャツの裾でキンタマを包む」の「裾」にあたるフランス語の le bas を彼に思いつかせたのであろう。ここではどう考えても吉田健一訳の方が正しい。しかし、「戸が開いている」と「ズボンの釦が外れている」を混同したりするところは、やはりおもしろい。これは「文化的誤訳」でなく、いわば「独断的あるいは独創的誤訳」とでも言うべきものだろう(誤訳の多くはそうだが)。poulet au riz(チキンのライス添え)を「チキンライス」、côtelette(骨付き背肉)を「カツレツ」などとする「文化的誤訳」も珍妙だが、同じ珍妙なら、前田風の「独創」の方を私はむしろ好ましく思う。

気がつくと、前田純敬にまつわる忌まわしい思いはいつのまにか消え失せていた。彼の「声のお便り」は、たしかに私にとどいていたのである。

後始末

「前田純敬、声のお便り」では、話題をもっぱら前田との文通にかぎり、作品にはあえて触れるのをさけた。そして、その一文でもって前田純敬とは別れるつもりでいた。

ところがその後どうも胸のうちが片づかない。それは、作家であった前田純敬にたいし、あのままでは礼を失する、公正を欠くという思いが、物書きの端くれたる私の胸を去らなかったからのようだ。

そこで今回は、作品を紹介することで後始末をつけておきたい。作品論でも作家論でもない。私なりの、行きつもどりつの前田探しにすぎない。

前田純敬からの頻繁な手紙に当惑しはじめていたころ、正確にいえば一九八二年のなかばすぎ、私は手紙で富士正晴に前田純敬の人柄について訊ねた。

これにたいする返事には、前田のごく簡略な経歴につづいてつぎのように書かれてあった。

「英語に中々才あり。小説も中々いいところあったのです。(「夏草」で芥川賞候補にもなった)大きい男でジェスチャーはアメリカ映画的。拈着性《ママ》あり。それで誤解される点もあり」

当時まだ「夏草」を読んでいなかった私は、手許にあった講談社文庫の『現代短編名作選2』のなかに「夏草」が収録されているのを見つけた。目次にはこのほかに林芙美子「晩菊」、川端康成「山の音」、小山清「朴歯の下駄」、井伏鱒二「遥拝隊長」その他の名作が並んでいた。「夏草」の評価の高さがうかがわれた。

「夏草」は、沖縄戦の近づいた一九四五年の春から夏にかけてはげしい空襲のつづくなか、米軍の上陸に備え訓練をうける中学生の眼を通して、瓦礫の山と化した鹿児島の街の有様をつぶさに描いた七十枚ほどの小説である。一読して地味だが力のこもった作品だと思った。「群像」の昭和二十四年(一九四九)十二月号に発表され、第二十二回（昭和二十四年下半期）芥川賞候補に挙げられたが、井上靖の「闘牛」と争って逃がした。しかし熱心に「夏草」を推す委員も何人かいたらしい（たとえば岸田国士）。

その他の候補作は阿川弘之「あ号作戦前後」、真鍋呉夫「天命」、島尾敏雄「宿定め」、その他。

後で知ったことだが、福田恆存は「夏草」が発表された翌月の「改造文芸」の文芸時評で、将来を嘱望しうる新人は「夏草」の前田純敬のみと書いた。

私は「夏草」の読後感を作者には伝えずにいた。すると二、三年経ったある日、『喪の女』と題する著書が速達で送られてきた。箱入りの、贅沢なつくりの私家版本だった。見返しに万年筆で「山田稔様／前田純敬」とあった。いまあらためて奥付を見ると、発行日は一九八五年五月十六日、「限定弐百部　2番」。その2の数字は朱で印字されていた。

「あとがき」によると、一九七八年から八四年にかけて同人誌 Cahier に発表した短篇（十枚前後）から選んだものだった。表題作「喪の女」は母親の記憶など幼少期の思い出を語ったもの。そのほかに、アムステルダムやパリを舞台にした短篇がいくつか。フランス語が出てきたりして、一口で言ってキザな印象をうけた。それと、どの作品にも結末らしい結末がなく、尻切れトンボのような終り方をしているのが特徴だった。

これが「夏草」の作者かと意外に感じた。あの素朴な写実主義は消え失せ、官能的といっていいほどの繊細な感覚が文章のはしばしにあふれている。一口でいうとうまい。「夏草」から約三十五年も経てば、作風の変化が見られてもおかしくはあるまいと思った。

「夏草」から約三十五年、と簡単に書いた。しかしこの三十五年の間に、とくに最初の五年間だけで、前田純敬は私の知るかぎり六つの短篇と二つの長篇を発表しているのだった。短篇では「背後の眼」（「群像」、昭和二十五年四月号）、「夏の光」（同誌、十一月号）、「出来ごと」（「文芸」、二十五年十一月号）、「曠野」（同誌、二十七年三月号）、「自殺者」（「群像」、二十八年四月号）、「密通」（「新潮」、同年四月号）。

「背後の眼」はこんな話である。

戦後間もない鹿児島の街。復員軍人の加納は、戦争末期に内地の部隊でひそかに行われた兵隊にたいする処刑に加担し、その罪悪感につきまとわれている。処刑された兵隊の兄の復讐におびえ、その追跡をのがれようとしてよじのぼったビルの廃墟の屋上から転落して死ぬ。

「曠野」(「あらの」と読む)は、おそらく前田が戦場を舞台にして書いた唯一の小説であろう。満州東部に駐屯中の作者とおぼしき中尉の、迫り来る死を前にしての虚無的な心境を描く。

「自殺者」については後でのべる。

さて元にもどって、『喪の女』を読みおわったころ、東京の古書店からとどいた目録で、前田純敬著『練尾布由子』というのを見つけた。当時、前田にそんな作品があるとは知らなかった私は(彼は手紙のなかで、作品をふくめ自分の作家としての過去について一言も触れたことがなかった)、これは珍しいものをしかも手ごろな値段で発見したと、すぐにその古書店に電話した。さいわいまだ残っていた。古本趣味のない私がたまたま送られてきた目録にたまたま目を通すという二つの偶然が重なって、前田純敬のおそらくは珍しい本が手に入る。まるで、私に取憑いた前田純敬が招きよせたかのようだった。

青銅色の地に白い線描の花をあしらったソフトカバーの、薄い本だった。グラシン紙がかけてある。いま久しぶりに手に取って表紙をめくってみると、請求書が挟んであった。購入先は神田神保町一の八の龍生書林（この店は今もあるそうだ）、請求額は一〇〇〇円のほかに送料が二五〇円。日付は昭和六十年五月二十四日となっている。本文二二四ページ。奥付によると昭和二十八年一月発行、同二月再版とある。定価二二〇円、地方価二二五円。当時は地方税というのがあったことを思い出した。発行所は神田猿楽町一の九の三啓社。

購入時のことばかり書いたが、最初読んだときの感想はすっかり忘れている。わずかに残っているのは、古くさいという印象だけだった。

大雑把に内容を紹介すれば、鹿児島の旧家の女性の大正九年から敗戦直後までの生活を、次第に没落していく家運と重ね合せて描いた「女の一生」といったもの。練尾布由子は後に「喪の女」でも描かれる作者の母親がモデルにちがいなく、その息子として作者自身らしい男の子（濤《とう》）も登場する。全体に、戦後の没落中産階級への挽歌といったおもむきがあり、当時はまだ戦後派意識のつよかった私は、そういう保守的な面に反撥したのだと思う。

ところが最近読返してみて、感心したのである。まだ文学界だけでなく社会全般に戦後的価値観が支配的であった昭和二十八年ごろ、よくぞこれだけ古風な、保守的な小説を書いたものだ。端正な文章にも好感がもてた。

その文章のほんの一例を示しておこう。

戦争末期に夫を失い、葬式や資産整理のために旅をして鹿児島にもどって来た布由子は、夫の親友の田口を家に泊める。その翌朝、旅の疲れがあるはずの布由子が先に起きて待っているのを見て、田口は驚く。

布由子はその田口の顔を見て微笑んだ。彼女自身は気附かなかつたが、彼女はまだ充分美しかつた。微かに雀斑の浮んだその白い顔の中で、薄い黒と云ふより、殆んど濃褐色と云つたほうがいゝその眸は、まだ光を喪はず、淡紅色のそのかたい唇はよく引締つて、彼女の内部の意思力の強さを示してゐた。そして、痩せたその顔立の中には、ほんの僅かな皺さへまだ目立つてゐなかつた。

いまはこれ以上詳しく論じる余裕がないので、参考までに本のオビの推薦の辞を紹介するにとどめる。

「前田君の作品の持つ、素直さと、みずみずしさは、ちよつと比類を見ないもので、現在の日本小説の濁りといつたものを浄化する貴重な力を感じさせる」（岸田国士）。また福田恆存は、前田のうちに今日ではまれな「しつけの良さと格式」を感じると同時に、「この混濁した社会にをいて、それが場ちがひのやうに看過されてしまいはしないかといふ危惧を覚える」と書いている。

はたせるかな福田恆存の危惧は適中して、『練尾布由子』は作者の名とともに今や忘れ去られてしまった。

『練尾布由子』については当時書評がいくつか出た。阿川弘之、滝井孝作、荒正人、および富士正晴。

阿川（「新潮」、昭和二十八年四月号）も滝井（日本読書新聞、同年三月九日号）も、ともにこの小説の簡明でまっすぐな、折目正しい文章をほめた。

一方、荒正人は、「反民主主義でも貴族主義でもない、なにか空恐ろしい系列に属する精神の片鱗」を指摘した（毎日新聞、二十八年三月九日）。これにたいし前田が反論を書き（四月一日）、さらに荒がきびしく応じた（四月九日）。この小説は、旧日本軍の将校（前田は復員時に陸軍中尉）の特権意識が戦後通用しなくなり、その反動で懐古的になる、そういう精神構造から生れたものだと。

最後に富士正晴。これは「VIKING」四八号（昭和二十八年七月）に載った「雀羅ケ丘日常　一」という雑記で、迂闊にも見落していたが、これが『練尾布由子』（および前田純敬）評なのであった。

富士は、右に紹介した阿川、滝井、荒の評（およびそれへの前田の反論）のすべてに目を通したうえで、これを前田の最高傑作と認めた後、つぎのようにつづける。そこは要約ではなく、少々長いが富士正晴の文章で読んでいただきたい。

一体、前田純敬の人間には変に血なまぐさいところがある、と同時に何か舶来品のもつている気障つぽいばかりの新しがりのところがある。紺がすりを着ると西郷隆盛みたいになり、ダブルの背広など着こむとアメリカ帰りみたいなジエスチヤアが目立つ。その二つの面が前田純敬の中でまざり合つていて、おそらく彼自身の統制力を越えた力で動き廻る、その二つの核の動きによつて彼の小説は決定されるように思われる。人間としては頗る交り難い面があり、彼の周囲には彼に対すると共に彼の側からの双方の誤解曲解がいり交つているのに相違ない。

このような性格がうまく均衡をとり、古典的な形をとつた時、彼の小説は「練尾布由子」のように筋の通つた客観的な立派なものになるし、ひどく混乱した時、主観的な偏ぱな一人合点のものになる。彼は傑作を書いた次の瞬間、致し方のない悪作を書くという種類の人間であるらしい。

練尾布由子という女性のいわば不倖せの歴史を書いた小説が心をひくのは、それが悲劇の予感の小波をはじめから震動させつづけながら最後までそれで押し切つてしまつたところにある。小説が読者の心をうつうち方の角度がはじめから終りまで整然と同じ傾斜を保つているということが、この作品に古典性を与えているのだ。と同時に、ストレイチーの最も大きな武器「細部をぴつたりと押えること」は又、「練尾布由子」においては前田純敬の武器である。これは前田純敬の記憶力とも関係あると同時に彼のヒステリー性の執念とも関係あるだろう。

さすが前田純敬をよく知る人だけあって、『練尾布由子』および作者前田純敬について言尽した感がある。

さて、荒正人との論争に前田純敬が熱くなっていたその年（昭和二十八）の春に、彼の小説が二つ同時に発表された。「自殺者」（「群像」四月号）と、「密通」（「新潮」四月号）である。

ところで「新潮」四月号には島尾敏雄の「死人の訪れ」という短篇が載っていて、これがまた前田の「自殺者」同様、自殺した久坂葉子を題材にしたものだった。

かつてともに「VIKING」の同人で、直接久坂葉子を知っていた二人の作家が、彼女の死の直後といってもいい時期に、まるで示し合せたように「群像」と「新潮」という二大文芸雑誌の同じ月の号に同じ題材の短篇を発表する。ここにはさまざまな事情が想像されぬでもないが、それに立入るのはやめて、これについての富士正晴の感想を紹介するにとどめよう。

右のような事態におどろき呆れたと書いた後で、富士はつぎのようにつづける。

「そこには死者へのいたわりよりもむしろ、ニューズ・ストーリー作家風のいそがしい精神があるように思われる。傑作「練尾布由子」の作者前田純敬や傑作「単独旅行者」の作者島尾敏雄の作品としてはこれでは困る気がする。（以下略）」（富士正晴

「誰が彼女を殺したか?・」」、新大阪新聞、昭和二十八年四月二十八日)

また富士の同年三月十七日の「日記」には、つぎの言葉が見えるという。「日本ノ小説家トイウノハガツガツシテイルモノダ、島尾モ前田モウヌボレタツプリ久坂ノ小説ヲカイタ」」(中尾務「一九五三・二・一―『VIKING』集団離脱再考―(下)」、「VIKING」六一八号、二〇〇二年六月)

「自殺者」は実名小説である。久坂葉子は「K(またはK・Y)」、作者らしき人物は「彼(=津田)」と変えられているが、それ以外の人物は、フジ、キシモト、シマオ、ショーノ、サイダと、片仮名書きとはいえ実名で登場する。

東京からKの弔問に訪れた「彼」が、大阪でA放送に勤めるショーノを誘い、M放送にいたフジを呼び出し、三人で酒を飲みながら、Kの自殺についてしゃべる。ほとんど実話であろう。

フジが言う。「あいつ、可愛そうなヤッちゃ」」、「正月の一日に、死んだなんて電報貰うの、余り気色のええもんやないで」」、「自殺は後を引くからな、連鎖反応があるからな」。また、ショーノがKを嫌っていたのはなぜかと「彼」がフジに訊ねると、「ショーノは女を、――征服する対象としてしか考えておらんのだ」と答える。

こういった調子である。久坂葉子の自殺からうけた衝撃、困惑あるいは一種の高揚感のなかで一気に書いたような印象をうける。「ウヌボレタツプリ」かどうかは知らない。前に紹介した、「彼は傑作を書いた次の瞬間、致し方のない悪作を書く」という富士の言葉を思い起す。「致し方のない悪作」というのは「自殺者」のことだったにちがいない。

その後、富士正晴記念館から前田純敬の長篇小説を二冊、『現代のマノン』（昭和三十年六月、実業之日本社）と『深い靄』（昭和三十年九月、新潮社）を借りて読むことができた。

『現代のマノン』は「新女苑」に昭和二十九年一月号から十二月号まで連載された。内容は、ブルジョワ家族内の結婚をめぐる金と愛欲のドラマ、とでもいうか。筋立てはわかりやすく、退屈せずにすらすら読める。しかし、これが『練尾布由子』で期待された新進作家の書く小説だろうか。

ひとつ、おもしろいエピソードがある。主人公が祖父の三回忌のため京都を訪れた後、「大阪府三島郡のある年長の友人の家」を訪ねる。その友人Ｆ（富士正晴）は

「K大人文科学研究所・所外教授」と自称していて、こんなことを言う。人に好かれていい気になっているようなやつは、相手に馬鹿にされているのだ。「相手に好かれるよりも嫌われろ、馬鹿にされるより憎まれろ。しかし反対にもしお前さんが誰かに惚れたとしたら、とことん相手をつかんで離さぬところまでついていけ、この世のこととってそれ以外処置なしじゃ」

つぎに『深い靄』。

東京に住む三十なかばの金持の未亡人が、義弟の友人である作家と恋におちる。その話の間に、一緒に住む義妹の謎めいた自殺事件がはさまったり、他の人物や状況の説明がくだくだしくつづく。

作中人物の作家が、私小説のヴァリエーションのような作品がもてはやされている現在の文壇にたいして反撥と訣別の気持を吐露するくだりがあるが、これは当時の作者の真情であったのだろう。

あれを読みこれを読みしながら、作家前田純敬の跡を追ってきた。しかしすでに私は迷路に入っている。なにが後始末か。ますます散らかるばかりではないか。せめてここで一度、私の知りえたかぎりの「夏草」以後の前田純敬の小説作品を発表年月順に並べてみよう。

「夏草」（昭和二十四年十二月）
「背後の眼」（二十五年四月）
「夏の光」（同年十一月）
「出来ごと」（同）
「曠野」（二十七年三月）
『練尾布由子』（二十八年一月）
「自殺者」（同年四月）
「密通」（同）
（翻訳　レマルク『凱旋門』（上・下）英訳からの重訳、二十八年、共和出版）
『現代のマノン』（三十年六月、連載は二十九年）
『深い靄』（同年九月）
『喪の女』（六十年五月）

こう見てくると、前田純敬がもっとも活躍したのは昭和二十年代後半の数年間（年齢でいえば二十代のおわりから三十代のはじめ）だけであったらしいことがわかる。『深い靄』から私家版の『喪の女』までの三十年間は、私の知るかぎり同人誌Cahier以外のところには何も発表していない（私生活上では、昭和三十六年十月、三十九歳のとき妻富美子を失っている）。

この間に何があったのか。「夏草」の収められた『現代短編名作選2』の作者紹介欄に、「（「夏草」以後は）各文芸雑誌に若干の作品を発表後、長く筆を折り」とある。また後に奥野健男は『練尾布由子』以後の前田について「寡作の中に厳しい格調を守っている」と書く（『新潮日本文学辞典』）。この「筆を折った」、あるいは「寡作」に至った理由は何か。以下は私の推理あるいは想像にすぎない。

『練尾布由子』で文名をあげた後、前田は『現代のマノン』、『深い靄』とつづけて「悪作」を発表し、評価を下げる。またそのころ、前田を高く買っていた岸田国士が、その二年後には神西清が、死ぬ。こうして後楯をつぎつぎ失う一方、荒正人の書評にみられるように第一次戦後派からきびしく批判され、また台頭してきた第三の新人たちともウマが合わないというか、富士正晴のいうように相互の誤解曲解が重なって喧嘩別れをする。こうして四面楚歌となって次第に文壇から締出されていく。いや、前田にしてみれば、自分の方から文壇を見限って去って行ったのだ、『深い靄』のなかの作家のように。

こうして、一九八二年から数年にわたる私との頻繁な文通、東京での二度の面会を経て、一九八八年九月、「VIKING」（四五三号）に「弔・富士正晴」を寄稿して同人例会で酷評されると、突然、音信を絶つ。そして十六年後の二〇〇四年二月、新聞で死を知るまでその足跡は消え、前田純敬は私には行方不明となってしまうのである。*

*生前に前田純敬を直接知っていた文学者のうち阿川弘之、伊藤桂一、真鍋呉夫の三氏に、前田が文壇から姿を消した事情につき問合わせる手紙を書き、阿川、伊藤の両氏から返事をもらった。

阿川氏は前田純敬の晩年の沈黙について詳しいことは知らないが、つぎのような噂を耳にしたのを覚えているそうであった。自尊心の異常に強い前田が文壇で認められかけたころ、文芸春秋社に乗込み、「大気焔を上げて総スカンを食ひシャットアウトされた」と。

伊藤氏によると、前田は保田与重郎の「祖国」、檀一雄の「浪曼」にかかわっていて、戦後まもなく自分を檀一雄の家に連れて行ってくれたことがあるが、その後交際はなかった。

死去のとき、「伊藤君にだけ知らせてほしい」と言われていたからと娘さん（養女）から連絡があり、お通夜へ行った。彼が文壇を「見限った」のは、知己が乏しかったのと、「人との協調を好まない性格」のせいもあったようだ。

伊藤氏の手紙から、前田が「日本浪曼派」とつながりがあったことがわかる。また彼の名前は高見順の『昭和文学盛衰史（二）』（昭和三十三年）の第十一章「右翼文学論」のなかに出てくる。それらを考え合せると、前田純敬は戦後の文壇では思想的に「右翼」と見なされていたらしい。前に紹介した荒正人のきびしい批評には、そのような背景が考えられるのである。

＊

しばらく前に「夏草」が鹿児島の出版社から出ていることを知り、早速購入した。二〇〇四年四月初版のその本はソフトカバーで約百六十ページ、「夏草」の現行テクストと初出稿、それに二つの解説文から成っている。

二葉の口絵写真が珍しかった。ひとつは熊本の水前寺公園の古今伝授の間の縁側に腰かけている作者の姿、もう一枚はレインコートを着てパリの国立近代美術館入口の太い柱にもたれているダンディーな姿。

二つの解説のうち最初のものは三島盛武（鹿児島純心女子短大教授）の「不遇の文学——前田純敬「夏草」を読む」で、テクスト・クリティックを主とするもの。

もうひとつは、相星雅子（作家、MBC学園講師）の「『夏草』の出版によせて」。それによると、『夏草』が単行本化されるについては、松永みえ子という女性の献身的な尽力があった。この人は、相星らのやっている随筆同人誌「流域」に、「夏草」を本にするまでのいきさつを書いていた。それでこの「解説」も引受けるようすすめたが、固辞するので自分（相星）が代って松永のエッセイを紹介する、というのである。

松永みえ子はたまたま『ふるさと文学館　鹿児島編』（ぎょうせい）で前田純敬の「夏草」を読み、つよい感銘をうけた。そのころ向田邦子に興味をいだいていた彼女は、一九三九年から二年あまり向田一家が鹿児島に住んでいたときの住所を調べていて、その一番地違いのところに前田の生家があったことを発見した。こうして郷土作家前田純敬への関心はさらにふかまり、「夏草」がひろく読まれるようにしたいとねがうようになる。

前田純敬の住所（藤沢市）をやっと探し当て、「夏草」のことでお話をうかがいたいと手紙を出す。それが二〇〇二年十月のこと。やがて返事がとどく。自分はここ数年、のどを悪くし寝ていることが多く、電話で話すのもつらいくらいだからお会いできない。自分もすでに八十をすぎて、いつ死ぬともわからぬ身、「この頃は、人生ははかないものだとの思いにくるしめられています」。

これにめげず松永みえ子はさらに書く。近く上京の予定があるので、ついでにお見舞いしたい、と。しかしこれも、のどが悪く話もできないからと断られる。それでも彼女は上京のさい藤沢まで足をのばし、前田の住む丘の上の公団住宅をながめ、それだけで引返す。周辺の建物はほぼすべて建替えがすんでいるなかで、わずかに残る老朽化した建物だった。

その後も文通はつづく。松永はお見舞いに、からいも、ボンタンなど故郷の産物のほか、高齢の母の介護の様子を描いた自分の文章の載っている「流域」を送ったりもした。故郷の未知の女性からのやさしい心づかいは、病床にある老いた前田純敬にとって唯一の慰めであっただろう。やがて彼は相手の誠実な人柄にすこしずつ心を開いていく。「返信はどれも羨ましくなるほど好意にみち、〈自分のことは外に出さない〉

という信条（彼は略歴の照会にも応じなかった—引用者）を時に忘れたのではないかと思わせるような一節もあるくらい、心を開いた文面」であったと、松永から手紙を見せてもらった相星雅子は感想を挟んでいる。

こうして、前田が鹿児島とはすっかり縁が切れていること、「夏草」の主人公の中学生のモデルになった末弟の居どころを探していること、死後は富士霊園の「文学者の墓」に葬られるよう手続済みであることなどが明かされる。

翌年の六月、ついに決心して松永みえ子はつぎのような手紙を書く。——このままで終ればきっと後悔するだろう。「ふるさとのわがままな姪」の切なる願いとして、どうか「夏草」を一冊の本として後世に残すことを許していただきたい、と。これにたいし「老生にとっては光栄の極みです」との返事がとどく。

松永は早速、地元の三島盛武をはじめ東京の紅野敏郎、中沢けいらの文学者の励ましと援助をうけながら仕事にとりかかる。出版は地元の高城書房が引受けてくれた。翌年（二〇〇四）三月九日の前田の八十二歳の誕生日を刊行日と定めた。しかしちょうどその一カ月前の二月十日に、彼は急性肺炎のために死ぬ。

これを読んで心を動かされた私は、拙文（「前田純敬、声のお便り」）のコピーを高城書房を介して松永みえ子に送った。

一月ほどして、便箋三枚に黒のボールペンでしたためられたつぎのような礼状がとどいた。

『夏草』の出版後、主人公のモデルとなった弟とその妻たち肉親と面会できた。そのときにいただいた「奇異な前田氏像」に戸惑っていたが、あなたのエッセイは「とても参考になり、一人の人物をどう見るか、ある意味興味深いことでした」と書かれてあった。私は、拙文がこの誠実な心優しい女性にすくなくとも悪い印象をあたえなかったらしいと知って安心した。

彼女はまた、葬儀の模様を伝えてくれていた。想像していたとおり、会葬者はごく少数だったらしい。家族（養女の友紀子さん）と「カイエ」の同人数名、それと、若いころ詩の仲間であった伊藤桂一氏が参列した。そのいきさつは、まえに触れたとおりである。

松永みえ子の手紙には小説と同じ題の「夏草」という前田純敬の随筆のコピーが同封されていた。昭和三十年（一九五五）八月二十二日付の南日本新聞に掲載されたものである。

前田は戦後、満州から復員し、故郷の城山の防空壕跡で暮したことがあった。ある日、彼はその壕のそばの石だたみの道に、石垣によりかかるようにして死んでいる女の子を見つけた。戦争が終ってすでに二カ月も経っていて、それまでは何とか生きのびて来たのが、ついに飢え死にしたのだと想像された。六つか七つに見える女の子で、背中にはまだ防空頭巾のようなものをくくりつけていた。ぼろぼろのあかじみた夏の服、泥のこびりついた、もつれた長い髪。前夜降ったはげしい雨が上り、暑い日ざしがかっと照りつけるなかで、その子は口を開け、悪臭をただよわせながら、見渡すかぎりの廃墟のなかで、静かに死んでいるのだった。水汲みに下りてきた彼は、太陽に背を焼かれながら、胸の名札の字もぼやけて読みとれぬその子をいつまでも見守っていた。

「その日、しばらくして、ひとりになってから、私は暗い壕舎の前の板にもたれて、声をあげて泣いた。死んだ子が、これから焼かれるのがあわれなので、泣いたのではなかった。私の目の前には、いまでも、おおばこの一尺くらいもある雑草のかげで口を開いて死んでいたその子の顔が浮ぶときがある」

松永みえ子がさまざまな思いをこめて見上げた丘のうえの老朽化した建物のなかで、

ほとんど声を失い病の床に伏す前田純敬、彼が故郷を思うとき、その脳裡に、ふとあの夏草の女の子の姿がよみがえりはしなかっただろうか。

付記。『夏草』の版元の高城書房の住所などはつぎのとおり。鹿児島市小原町32―13　電話〇九九―二六〇―〇五五四。

一徹の人——飯沼二郎さんのこと

まず、二〇〇五年九月二十五日付京都新聞（朝刊）の死亡記事から引く。

農業経済学の専門家で日本型農業の復権を提唱する一方、ベトナム反戦や在日韓国・朝鮮人の人権擁護、君が代訴訟などの幅広い市民運動に先導的役割を果たした京都大学名誉教授の飯沼二郎（いいぬま・じろう）氏が、二十四日午前零時五十八分、肺炎のため京都市左京区の病院で死去した。八十七歳。東京都出身（以下、自宅住所は略）。葬儀は故人の遺志で行わない。

この後に詳しい解説がつづくが、履歴の紹介としてはこれで十分であろう。付加えるとすれば、熱心なキリスト教徒であったことぐらいだろうか。「君が代訴訟」とあるのは八七年に、入学・卒業式での「君が代」斉唱や演奏の強制は違憲だとして、京都市教育委員会の元教育長らを相手におこした訴訟をさす。

右の新聞記事による紹介が飯沼二郎の公的プロフィルだとすれば、私的というか、「のんしゃらん版」によるそれはつぎのようになる。以下は「日本小説を読む会」(「よむ会」)の会報百五十号記念号(一九七三年九月)に載った、運幸亭九才の筆になる「笑会紳士淑女履歴一覧《よむかいのおとこおんなのことなんでもわかる》——のんしゃらん風」の飯沼二郎の項である(但し最初の、新聞の履歴紹介とほぼ重なる数行は省略)。

「よむ会」にひとつ輝く清らかな星である。こういう人が会員にいるからこそ、他の分子も軽挙妄動を許されているのである。この「よむ会」の聖者のツメの垢でもすこしは煎じて飲むがよろしい。討論の場においても彼はアイマイな妥協はせず、自説をあくまでも曲げない。一徹の人である。かつて大槻鉄男との舌戦に一同手に汗を握ったものだが、最近は飯沼の出席が少ないのと、大槻の人格円満化のため、あの熱戦が見られなくなったのを惜しむ声が多い。「飯沼さんの説だと、象は鼻が長いから悪い、ということになりますね」――こんな議論を彼はただ笑って聞き流すのみである。先史時代よりの会員。京大人文科学研助教授（農業経済史）。

どの新聞でもまったく触れられていないが、飯沼さんは「よむ会」の発足から最後まで約三十八年間、熱心な会員でありつづけた。学会および教会関係のことは知らないが、これだけの年月、熱心にかかわったグループは他になかったのではあるまいか。毎回、可能なかぎり出席する。欠席はあらかじめとどける。報告も、会報への執筆も頼まれたら断らない。まさに模範会員とよぶべき人であった。

農業経済学者には珍しく、大変な文学好きだった。小説を建築物にたとえ、美しくなくとも住みごこちのいい建物と、美しくとも住めない建物に分け、後者の存在をみとめつつも、住めない、つまり「思想」（正しい思想）のない小説はだめだと主張した。「ないものねだり」と笑われようとも、「象は鼻が長いから悪い」式をひっこめない。おかげで討論は活気をおびた。飯沼さんがいないと淋しかった。会にとってありがたい存在であった。

そうは言うものの、「よむ会」以外のところでは、私はこの「一徹の人」をむしろ敬遠していた。晴れやかな表情でこちらの目をまともに見つめつつ、生れ育った東京下町（両国）の東京弁でしゃべる、そのためらいのなさが苦手なのであった。飯沼さんとふたりきりになる場面を空想してみるだけで、身の竦む思いがした。ところがこの苦手意識は、相手からみれば相撲でいう合口のよさと映るのか、私は気に入られたようである。

「「よむ会」にひとつ輝く清らかな星」。だがさいわいにも、この「清」は俗を受けつけぬ質《たち》のものではなかった。そうでなければ、どうしてこの会に三十数年も居続けられただろう。いやそうでなく、朱にまじわれば赤くなるで、飯沼さんの方が変ったのか。「よむ会」は別称「笑う会」または「飲む会」ともよばれていたが、その「飲む会」にあたる二次会で、飯沼さんは酒の味、酒席の楽しさをおぼえていったようである。毎度ではないにしろ、二次会にも付合って楽しげに語らっていた。色白の端正な顔をビールでほんのり染めながら。

ついでに書いておくと、この席（川端二条の赤垣屋）では、酒の肴は一人三品まで選べることになっていたが、その三品を飯沼さんは動物性のものばかりで揃えるのだった。たとえばマグロやまかけ、アジのたたき、牛肉のアスパラ巻きというふうに。あるとき恥ずかしげに打明けた。「野菜、嫌いでね」

さて、その夜の赤垣屋の奥の小座敷はいつもより静かだった。どういうわけか出席者が少く、それだけに食卓をかこむ雰囲気も静かでいちだんと親密さをました。飯沼さんとはなるべく離れて坐りたい、日ごろからそう考えていた私だが、その晩にかぎってはそれもゆるされなかった。

話はいつものように、その日取上げた小説の蒸返しを中心に進んでいた。そして一段落ついたころ、どういうきっかけからか、急に飯沼さんが私にむかってこう言ったのである。

「山田さん、そのうちに飲みに誘っていいですか」

返答に窮した。これまで二人きりになる場合を想像したことはあった。しかしこの「よむ会の聖者」から、万が一にも酒を飲みに誘われようとは夢にも思ったことがなかったのである。

私はしどろもどろに、いろいろと予定があって……などと理由にもならぬことをならべ、いますぐは返事ができないから、また電話してほしいと逃げた。

飯沼さんのわずかに赤らんだ温厚そうな白い顔が一瞬、たじろぎと間のわるそうな笑みにゆがんだ。フランス語で失望をあらわす言いまわしに、avoir la mine allongée というのがある。直訳すれば「長く伸びた顔をもつ」となるが、このときの飯沼さんの表情がまさにそれだったように思う。そのような顔で、笑みはたやさずに飯沼さんは言った。

「予約制ですか」

「いえ、いえ、そんなことは……」うろたえつつ、私はかろうじて応じた。「だいじょうぶです。電話してください」

その夜帰宅してから、私は自分の態度を責めた。人前で恥をかかせたのだ。その自責と後悔の念はいつまでもおさまらなかった。「予約制ですか」とはなあ。

翌日、謝罪の葉書を書いた。大変失礼なことを言ったが、けっして嫌ではないので、どうかまた誘ってほしいと。

すると速達で封書がとどいた。おどろいた。消印から、ちょうど私の葉書と行きちがいになったことがわかった。便箋三枚半にこまかい字でびっしりと書かれていた。いささかも気を悪くした風はなく、先日、楽しいひとときをすごさせてもらったことへの礼をのべた後、つぎのようにつづけていた。
自分はかねてから、あなたが鉄男さんら＊と一緒に呑みに行った話を聞いたり読んだりして、とても羨ましく思っていた。昨夜、自分とも付合ってくださるとのお返事だったので、早速電話しようと思ったが、なんとなく気はずかしく、手紙にすることにした。それは、生れてから一度も電話で友人を呑みにさそったことがなく、また一人でバアや呑み屋に入ったこともないので、この歳になってあなたを電話で誘うことに抵抗を感じるからだ。やはり、あまり慣れないことはしない方がいいと考え直し、以下、呑みながら話をするつもりで書く。――以上のようにあって、先日の『行隠れ』についての否定的な意見がさらに展開されていた。そして最後に、

「以上があなたとバアで呑みながら、おはなししようとした内容です。私ばかりが一方的にしゃべって、あなたのおはなしをちっとも聞いておりません。失礼をお許し下さい」と結ばれていた。古井由吉の『行隠れ』が話題になっているところから、これが八六年二月一日のことだと判る。

翌日、早速、電話がかかってきた。私の葉書を読んで直ぐかけてきたらしかった。うきうきした声で、おいしいスパゲッティの店を知っているからご馳走すると言い、

私の都合をたしかめ、その場で日時を決めてしまった。

＊「鉄男さん」とは大槻鉄男（七九年没）のこと。彼の父で京大農学部教授であった大槻正男の愛弟子であった飯沼二郎は、鉄男を少年のころから知っていた。

当日は久しぶりの雨だった。寒気がゆるみ、はやどこかに春の気配すら感じられた。午後、勤め先の大学で学年末の残務を片づけると、まだ十分すぎるほど時間はあるのにじっとしておられず、出かけた。寺町通りの古本屋を何軒かひやかしてから、気付けにビアホールでスタウトを飲んだ。それから約束の時間の六時よりも十数分早く、指定された四条通りのたち吉へ行った。飯沼さんはすでに来ていた。

案内されたのは四条富小路を少し上った、狭い露地の奥の建物の二階にある「ふくむら」という店だった。ひそかにおそれていたスパゲッティ専門の店でなく、ちゃんとしたイタリア料理店である。

「ここは鶴見さん愛用の店でね、私もよく来るんですよ」と飯沼さんが自慢げに言う。

その店で何を食べ、何を飲んだか憶えていない。前菜、主菜からデザートにいたるまで一切任せきりにしたのだろう。スパゲッティがとくにうまかったという記憶もない。葡萄酒くらいは飯沼さんに言われて私が選んだかもしれない。早く酔おうとせっせとグラスを傾けている自分の姿が目にうかぶ。

誘った手前、飯沼さんは何かと気を遣ってくれた。どんな話が出たかは忘れた。ただ、当日の私のメモに「石山のこと」とある。ベトナム戦争直後、カンボジアの奥地で行方不明となり、後に死亡が確認された共同通信社記者の石山幸基のことだ。京都支局勤務中、飯沼さんも私も親交があった。彼は「朝鮮人」の発行人であった飯沼さんを何かと助けてくれた。またハンスト中の私を、週刊誌のカメラから護ってくれたこともある。——そんなことをしゃべったかもしれない。さいわい、文学の話は出なかったと思う。

食事がおわった。勘定は飯沼さんがもってくれた。今夜はあくまで私はお客さまなのだ。

急な細い階段を下りて外へ出た。雨は上り、湿り気をおびた夜気が頰にここちよかった。

深々と息をした。

やれやれ、これで終った。あとは飯沼さんをタクシーに乗せて、おやすみなさいを言うだけだ。

四条通りに出た。車を探した。と、そのとき飯沼さんがはずむような声で言った。

「さあ、飲みに行きましょう！」

えっ、もう飲んだのではないのか。

四条通りを東へ向かった。飯沼さんは黙ってついて来る。

河原町通りを横切った。

四条大橋を渡った。

花見小路を北へさらに歩き、祇園のはずれの行きつけの小さなバアへ行った。

先客はひとりもいなかった。

マダムはこの顔ぶれを珍しがり、私の顔をまじまじと見た。何ごとかと言わんばかりに。

私から紹介されるまでもなく、マダムは「飯沼先生」を知っていた。

「私も山田さんの飲友達に加えてもらったんですよ」

と、飯沼さんが朗らかな声で言う。

すでに十分下地のできているうえに、私はさらに多量の酒を流しこんだ。合口のわるい相手にはこの手しかない。

何を飲んだか、何をしゃべったか、全然憶えていない。

一時間あるいは一時間半ほどして店を出たとき、私は泥酔状態の一歩手前だったにちがいない。

東大路通りに出てタクシーを拾った。

車が停った。

ドアが開いた。

「山田さん、ありがとう」

さしのべられた手を、私は夢中で握りしめた。


飯沼さんからはその後もう一度、飲みに誘われたことがある。一九九八年の夏のおわりのころで、あまり残暑がきびしいのでビールでも飲みに行かないかと電話がかかってきたのだった。そのころ私は持病の腰痛が悪化していたのだが、前回のこともあり、それを言うと断る口実のようにとられはしまいかと、すぐに承知した。

街なかは騒々しいので、おたがいに便利な高野橋東詰のホリデイ・インの屋上ビアガーデンに決めた。

ところが当日行ってみると、ビアガーデンは八月一杯で終っていた。ほかに探すのも面倒なのでビールはあきらめ、お茶ですまそうと私は提案した。「いいですよ」と飯沼さんはこころよく同意してくれた。

私たちは地下のベーカリーのなかの喫茶室でおしゃべりをした。そのころは「よむ会」はすでに無くなっていたので、その後の近況を報告しあった。

飯沼さんは先月数日間、韓国の釜山の近くの町に講演に行って、もどって来てしばらく具合がわるかったが、やっと元気になったそうであった。

「そこは美人の多い土地でね、ミス韓国が三年つづけて出たそうですよ」

にこにこしながら、めずらしくこんな話をしてくれた。

健康の話になって、私が腰のためにせいぜい歩くようつとめていると言うと、飯沼さんも自分もそうだと言ってつぎのような話をした。

毎朝七時ごろから一時間、北白川の自宅から「哲学の道」を通って若王子あたりまで散歩することにしている。途中で犬を散歩させる人たちと知合いになった。会えば挨拶をかわす。しかし訊ねるのは失礼な気がするので名前は知らない。かわりに犬の名を訊ねる。だから飼主を犬の名前で憶えている。

「だいたい、飼主よりも犬の方がかわいく、賢そうですね」飯沼さんはこんなことも言った。

「犬の方が品のある顔をしてるでしょう」と、私も日ごろ感じていることをこのときとばかり口にした。

飼主を犬の名前で憶えるという話から、私はロジェ・グルニエのある短篇小説を紹介した。愛犬家たちが、犬の散歩場でたがいに犬の名で呼びあう。そこで牝犬を連れた男性の飼主が女の名で呼ばれることになる。「ムッシウ・ジャンヌ」というぐあいに。

「毎朝出会う十八歳くらいの女のひとがいて。ところが親しくなっておしゃべりしているうちに、中学生くらいの子供が二人いることがわかりましてね。十八と思っていたら四十代なんだな。ソプラノ歌手だそうですよ」

そう言って笑う飯沼さんの顔は、少年のようにあどけない。

「それで、その女のひとの犬の名前は？」

「ええと、何だったかな……。そうそう、たしかゴンだったな」

ゴンは牡の名だろうから、その十八ではなく四十のソプラノ歌手は「ゴンさん」と男名でよばれることになるわけだ。

「ほかにどんなのがあります？」

「うーん、いま急には思い出せないな」飯沼さんは急に当惑したような表情をうかべる。「あとでお知らせします」

こちらはごく軽い気持だったのに、そう改まって言われ、恐縮した。

数日たって葉書がとどいた。いま思い出せるのはこれだけです、と犬の名前が列挙されていた。中型犬のゴンのほかに、若王子から来る感じのいい三十五歳くらいの女性の中型犬はラッキー、大型の盲導犬はエル。「その他は分り次第お知らせします。くれぐれもお体を大切に」

そして数日後にまた葉書がとどいた。そこには「飼犬の名前――第二報」として、つぎのように列記されていた。

(一) 中年の女性、中型犬「フー」

(二) 中国人女性で私大の華道の教師、大型犬「ジュディ」

㈢　退職した整形外科医、小型犬「プチ」
㈣　中年の女性、中型犬「太郎」
㈤　書道教授、女性四十才位、小型犬「カチータ」（スペイン語）
㈥　中年の女性、小型犬「バビル」
㈦　中年の女性、小型犬「マコ」

㈢の「整形外科医」を除いては、みな「中年の女性」なのであった。

飯沼さんは筆まめな人だった。『飯沼二郎著作集』（全五巻、未来社）のほか何冊も単行本がある。「よむ会」の会報にもたくさんの文章を書いている（調べてみたら七十五篇あった）。そのなかに私にとって忘れられぬものが一つ、いや正確には二つある。三一五号（八八年九月）に載った「ネコザン（猫算）」とその続篇である。

ネズミザンという言葉がある以上、ネコザンがあってもよかろう、そう前置きして飯沼二郎はつぎのように書く。

ある日、家にひどくかわいい野良猫が一匹やって来た。絶対に家の中に入れないという条件で、庭で飼うことを許された。すると二、三日後によく似た子猫がやって来たので飼うことにした。その二、三日後にまた、こんどはシマの猫が現れた。「人相」がわるいので飼わずにいたところ、何時のまにか居ついてしまった。やがてこれらの猫どもが子を産んで、結局親猫三匹、子猫三匹を飼うはめになった。さらに一月ほど経って、大きな白猫がやって来た。追払っても去らず、他の猫の餌の残りを食べているうちにこれも居ついてしまった。それだけでなく、いちどいなくなったかと思うと、そっくりの白い子猫を連れてもどって来た。さて一体、これからどうなるのか。

この原稿を受取ると早速、感想をそえて礼状を出した。するとまもなく続篇の原稿がとどいた。題して「避妊手術」。

その冒頭の数行を書写す。

「ネコザン」という拙文を山田稔氏にお送りしたら、山田さんから、「ご存じと思いますが、ネコは年に多ければ四回もお産をします。ネコ算のたのしみはこれからだ」というショッキングなお手紙が届いた。「わが家ではみな手術をさせました」と付け加えてあった。わが家には、メスが四匹いるから、一度に二匹生むとして、一年で三十二匹、二年で六十四匹。これでは、わが家の小さな庭は、ネコでいっぱいになってしまう。

すっかり忘れていたが、私は礼状のなかで「ネコ算のたのしみ云々」などと書加えたらしい。

こうして飯沼さんの悩みがはじまる。避妊手術はやはり受けさせるべきだろう。「しかし、本人の同意もなしに、神から授った能力を、勝手に奪ってもいいものだろうか」。だが結局、手術ときめ、ただし化膿の危険をさけるという口実で、夏が過ぎるまで延ばすことにした。

こう書いた後に猫の親子の暮しぶりの描写がつづく。飼主の愛情が日ましに募っていく様が目に見えるようだ。いちばんかわいいと思っていた真白のピー子が人に盗られたとき、どんなに悲しく淋しかったか。……

そのうち、農業調査のため二週間ほど中国に出かけた。旅行中、「奥さんより猫の方が心配だ」と同行の人に言ったら、たしなめられた。帰宅してすぐに庭を見に行った。猫は一匹もいなかった。大喜びで寄って来ると思っていたのだ。

夏の終りごろ、家の前で転んで目の上を切り十針ほど縫った。しばらく安静にと言われ、猫の手術が延ばせるとよろこんだ。

ついにそのときが来た。山田さんに電話して手術のことをたずねると、手術後、二日は入院の必要があるという。「毎日みんなと楽しく遊んでいるわが家の猫を、急に二日もひとりだけにしたら、ノイローゼにならないだろうか。また一つ、心配の種がふえた」

これを読むと、私がいかにも猫通のように思えるかもしれないが、猫は一度しか飼ったことがない。そんな、いわば猫の初心者にすぎぬ者の言葉を、飯沼さんは鵜呑みにしたのだ。

あれもこれも、私の「ネコ算の楽しみ云々」に発している。罪なことをしたものだ。そのうち手術の経過報告がとどいた。葉書にこまかい字でぎっしりつづられている。これは要約でなく、少々長いが全文の引用を許してほしい。日付は一九八八年十月五日。

苦悩の十日間が終りました。まずシマを病院へ連れて行きましたが、私を全く信頼し切っているその信頼を利用して、いきなりカゴにとじこめ病院へ連れて行ったことは、許しがたい行為として、私を苦しめ、あと二匹、同じことをしなければならないと思うと、何ともたまらない気持でした。その後、シマが全く水も飲まず、物も食べず、ノイローゼになったらしいので、五日目に手術もしないで、家に連れ帰りましたが、私の顔をみてから、我が家で解放されるまで、なきつづけでした。今でもあまり元気がありません。シマを連れて行った翌日、シロを同じようにして病院へ連れて行きましたが、水をのむだけで物をたべないとのこと、やはりノイローゼになったらしく、それを考えると、こちらがノイローゼになりそうでした。一週間目に連れ帰ると、そのまま、どこかへ行ったきり、今日で三日間、帰ってきません。最後のチャーも一週間、病院において今連れてきた所です。チャーは帰宅後、餌をたべてからどこかへ行きましたから、やがて帰ってくるでしょう。もう一度シマを連れて行かなければならないとおもうと……以上、ご報告まで、早々。

これを読んで私は、以前にうちの猫を病院に連れて行ったときの辛さを思い出すと同時に、その辛い思いを心優しい飯沼さんにもさせてしまったことを悔いた。

飯沼家の猫たちはその後どうしているだろう。こちらから訊ねもせずにいるうちに、先方から黒が死んだとの知らせをもらった。それからしばらくして、またつぎのような猫だよりがとどいた。

黒が死んだあと、私たちになついていた白が「家出」をし、一カ月ほどしてもどって来たが、名前を呼んでも知らん顔をしていて、翌日また出て行ったきりもう帰って来ない。「外猫では人間の愛情の届かないものでしょうかね」

猫は、たとえ内猫でも無愛想なところがあって、「人間の愛情の届かない」ように見えるものだ。呼ばれて直ぐとんで来る犬とはちがう。どうやら飯沼さんは、猫に犬の忠実を求めているようである。これまた、無いものねだりというものか。

それよりも私の注意をひいたのは、私たちになついていた白と書かれていることだった。「私たち」とは飯沼夫妻のことだろう。あの猫ぎらいの夫人も次第に慣れて、やっと猫の魅力がわかるようになったのか。詩を書き絵もよくする夫人のことだから、そうでなくっちゃあ、などと私は飯沼さんのため、そして夫人のためにもよろこんだ。

翌年（九九年）、飯沼さんは心臓の病気で入退院をくりかえした。そうした近況を伝える葉書のおわりにつぎのように書添えられていた。私は思わず胸のうちでえっとさけんだ。

「退院後ネコが私をはなしません。一緒に寝ています」

一緒に寝る、家の中に入ることすら許してもらえなかった猫と一緒に寝る。なんという変化、いや進化だろう。病み上りの夫への思いやり。私は夫人に感謝すると同時に、飯沼さんはもちろんのこと、どの猫かは知らぬがその果報者の猫のしあわせがいつまでも続くようにと祈った。

その後、飯沼さんには、京大会館で開かれた「思想の科学」五十年を回顧するシンポジウムの席で会った。杖を突いていた。二〇〇一年十一月おわりのことだった。その次の年には、肝硬変で緊急入院、かろうじて一命をとりとめたとの便りをもらった。肝硬変にはおどろいた。心臓がわるいとばかり思っていたのだ。そのころ、夫人も具合がわるいらしいという噂が耳に入った。

さらに翌年の五月、四条大橋のたもとの「菊水」で開かれた元「よむ会」会員の集まりに、飯沼さんは病をおして出席。脚はさらに弱り、好きなビールももはや断念せざるをえず、乾杯もジュースでだった。何よりもつらかったのは、しゃべる言葉がほとんど聞きとれないこと。そのためまわりから人がひとり、ふたりと離れて行き、しまいには独りきりになってしまった。それでも杖にもたれるようにして黙然と椅子に坐りつづけていた。その姿が忘れられない。

それから半月ほどしてとどいた葉書には、久しぶりに「猫とわたし」の近況が両面にわたってつづられていた。

最近はチャコ（茶子）と楽しく一緒に寝ているが、今朝起きてみると腰のあたりが少しぬれている。隠しきれないので素直に家内に謝ったら、怒られずやれやれだった。だがその「オネショ」のあとをよく見ると、どうもおかしい。「小水のしみがごく小規模の上に、そのあたりに砂が一杯ついている。ああ、これはネコのしわざだと分りました。ネコは一日中、部屋から庭へおりますから」。しかしそれを言うと今後猫と寝ることは厳禁になるので、自分の粗相ということにしておいた。

砂があろうとなかろうと、猫のしわざかどうかは容易にわかりそうなものだが。これでよく夫人に怪まれずにすんだ。……

葉書の消印は二〇〇三年六月十六日。このとき飯沼さんは八十五歳だった。

それから半年ほどして年が改まる。

例年の飯沼家の年賀状はおとし玉付のもので、夫妻が考案した新年の挨拶の言葉が二つ並べられ、それぞれの最後に「二郎」、「文」と署名があった。すべて印刷だった。このスタイルは永年変らなかった。そして毎年、きっちりと元日にとどいた。

ところがその年はちがった。普通の葉書に黒のボールペンの手書きで、私の住所と氏名だけが横書きだった。その行がよろめくように乱れ、私の姓は「山本」と書いたのを消してその下に「山田」としてあった。

最初に、日本はますます悪くなるだろうと、一年の暗い見通しがのべられ、その後につぎのようにつづいていた。

「私の方は昨年くれ愛猫が死にましてから、全く元気がなくなりました。しかし家内は猫ぎらい、どうしても新しく飼うことを許して下さいません」

日付は一月一日。消印は一月六日と読める。

年賀状の返礼のおくれを気にしながら、近くのポストまで杖を突きつき弱った足を運ぶ。この一枚の葉書を出すために。

これが最後となる。

飯沼式ネコザンは結局、プラスマイナス、ゼロなのだった。

生島さんに教わったこと

しばらく前から古い手紙の整理をはじめているが、いっこうに捗らない。つい読んでしまうからだ。読むと過去の思い出に引込まれる。その思い出がまた別の思い出をよびさます。記憶の連鎖反応である。

気がかりなことが見つかると日記をしらべる、関連のありそうな書物や雑誌を引張り出す。そしてこんどはそちらを読みふける。これにはまた、思いがけぬ「発見」があったりするのだが。

こうして、一枚の葉書のために二、三時間の時をとられることなどざらである。

生島先生——いや「先生」ではなく、ふだんどおり「生島さん」でいきたい。「先生」と畏まると敬語がふえるだろう。筆が縮むだろう。敬語や丁寧語の多い文章は嫌いだ。なにやら卑屈で息苦しい。言いかえれば、文章のなかでまで頭を下げねばならぬような偉い先生のことは書きたくない。

さて、その生島さんの、乱雑に状袋に突込んである手紙の束を取出して、消印をたよりに日付順に並べはじめる。するとその間に一枚、ひと目で他と異なるとわかる絵葉書が見つかった。

写真はななめ後方から撮ったノートルダム寺院。宛名は京都市中京区竹屋町土手町生島遼一様　JAPON　消印スタンプは不鮮明だが、内容から発信年月は一九六七年七月なかばと特定できる。私がフランスから出した最初の生島さん宛ての便りである。飛行機事故のためパリ到着が七時間も遅れシンドイ目にあったが、やっと回復したこと、コシャン病院に佐々木康之を見舞ったことなどがしるされている。

この絵葉書を返してもらったのは何時だったか忘れた。しかし、そのときの情景だけは、はっきりと思い出すことができる。

生島家の応接間のテーブルに置かれた一冊の本、そのうえにちょこんとのっかった感じの一枚の絵葉書を生島さんが手に取り、「こんなものが出てきたよ」(本のページに挟まっていたのだ）と、いたずらっぽい笑みをうかべながら差出す。……

手紙の整理にもどる。するとこんどは、一枚の葉書のなかの「宇野浩二」という文字が眼にとびこんできた。

「(前略) 宇野浩二はきらいではないが、私は大阪生まれの大阪人気質キラヒの方です。苦の世界はおもしろいでしょう。あの人と親しかった片岡鉄兵さんからしょっちゅうゴシップをきかされた。やはり一度紹介されて銀座で会ったことあり、「赤と黒」の訳をほめてくれました。広津さんはウチのおばさん若き日によくしっていました。文学に関係ないことだけどね」(一九七二年十月二十五日付)

読みおわったとたん、「ウチのおばさん」こと千代夫人のややかすれ気味の声が聞えてきた。〈あれは鉄兵さんじゃなくて、広津さんよ〉

鴨涯すなわち鴨川の西岸に位置する生島家には学生時代以来、何度足を運んだことだろう。ひとりのときも、また誰か友人と一緒のときもあった。

生島さんはその日の話題を前もって決めておき、準備万端怠りなかった。関連のある書物や画集を二、三冊、応接間のテーブルに重ね置き、和服姿で待受けていた。

話題はたいていは文学、とくに小説にかぎられていた。生島さんの好きな相撲とかプロ野球の方へ話をもっていこうとしても、乗ってこなかった。そこは「教室」なのであった。

みずから「小説好き」をもって任じていた。「講義のときでも小説作品の解説をしているときがいちばん生きいきした顔をしているそうだ」と書いている（「小説好き」の弁」、『蜃気楼』）。

その「いちばん生きいきした顔」で、書物の壁に囲まれた狭い応接間の椅子に畏まってかけている、そう生きいきとはしていない中年あるいは初老の生徒たち相手に、「どうせ君たちは読んだことないだろうが」といった口調で、とくにごひいきの作家たちの小説の内容について楽しそうに語るのだった。泉鏡花、中勘助、木下杢太郎、あるいはゴンクール、ユイスマンス、等々。

話は、とくに正月には二時間以上つづいた。私たちは「新春初講義」と覚悟して拝聴した。

その間にもちょっと息抜きの時間、休み時間があり、ころあいを見はからって千代夫人が茶菓を運んで入って来る。

神戸育ちの夫人はモダンな感じの、はきはきした物言いのひとだった。あるとき、雑談中、片岡鉄兵が話題になっているのを耳にした夫人が「あれは鉄兵さんじゃなくて、広津さんよ」と口を挟んだのだ。生島さんは取りあわず、夫人もそれ以上は何も言わずに笑いながら出て行った。

生島遼一と片岡鉄兵。これには少しわけがある。

大学卒業後、神戸商大（現神戸大）に赴任した生島さんは夙川のアパートに下宿し、そこに住んでいた片岡鉄兵夫妻と親しくなった。聞くところによると、娘時代の千代さんは片岡夫人の光枝さんの親友で、よくアパートに遊びに来ていて、そこで一つ年下の生島さんと知合い結婚したのだそうである。そうした事情から、若いころ、片岡を通して宇野浩二や広津和郎を知っていたとしてもおかしくはない。「文学に関係がない」というが、どんな話が聞けたのだろう。

少壮のフランス文学者生島遼一は十歳年上の、当時（昭和初年）の流行作家片岡鉄兵に大いに気に入られ、文才を認められた。つぎのような逸話がある。

片岡が治安維持法違反で堺の刑務所に入れられていたとき、彼の全集*が企画された。しかし原稿不足で、獄中の片岡の指名で代筆をたのまれた生島が、未完の小説の一つを完結させて全集に加えた。後日、どこからが代筆かわかるかと訊ねると、全然わからんと言って笑った(「鉄兵さんの思い出」、『春夏秋冬』)。

＊この全集は昭和七年八月に改造社から一冊本で出ていて、五十四篇の「創作」が収められているが、生島が代筆で完結させたのがどれかは不明。

こうしたことがあって、後に広津や宇野のほか川端康成、横光利一らに紹介される。あるいは、きみも何か書いてみないかとすすめられたことがあったかもしれない。だが踏出すことができず、フランス文学の研究・翻訳という安全地帯にとどまる。

「私と同年齢の者で、作家志望だった人達は、それぞれ川端、横光、片岡といった先輩に近づいていった。(中略)当時プロレタリア文学全盛期で、後に左傾して行った者も数多い。私など、フランス文学を勉強しているといった口実で、何食わぬ顔できたのだが、もし真剣にものを書くことを考えていたら、もっと深刻に悩んでいたにちがいない」(「横光利一の文学」、『春夏秋冬』)

前にふれた生島さんの「小説好き」の、その「小説」は、主にフランスの長篇小説であった。若いころから西欧の「長篇選手」にきたえられたおかげで、日本人の得意とする身辺雑記風の短篇小説は好きになれないと書いている（「「小説好き」の弁」）。

だが、これはタテマエというか、仏文学教授の表看板にすぎなかっただろう。資質は短篇型であったと私は見ている。

生島遼一*は、フランス小説の翻訳のほかに多くのエッセイを書いた。エッセイ集が六冊もある。エッセイは読むのも書くのも好きだった。特に晩年は、エッセイストの自覚がつよかった。

それらの短文のなかには、短篇小説になるのにと惜しまれるものが少くない。たとえば大学卒業直後に書いたという「海と雪」（『水中花』）は、幼いころ二年ほど過ごしたM（舞鶴）での思い出をつづったものだが、これなどは本人が否定しているにもかかわらず、立派な短篇小説と言ってよいだろう。

あれこれ思い合せたあげく、ある日、つねづね気にかかっていたことを直接訊ねてみた。

「先生は若いころ、作家になろうと考えられたことがあるのではありませんか」

「まあ、あるけどね」

と生島さんはいつもの照れたような表情をうかべ、ちょっと間をおいてから、

「梶井のものを読んだのでね……」

とつづけ、眼を逸らして黙りこんだ。

その一言で十分だった。私も黙りこんだ。

梶井基次郎は大阪の北野中学校で生島の四年上級で、その作品は二十代のころから「何十回読んだかわからない」ほど愛読した。「部分的に文章が、頭にすっかり入りこんでしまっているところがある。」いちばん好きなのは「城のある町にて」。梶井からは感覚描写の何たるかを学んだ、と書いている（『蕞柑子集』と『城のある町にて』、『蜃気楼』）。たしかに「海と雪」などには、作者のみとめるように梶井の影響が感じられる。

＊生島遼一のエッセイ集としてはつぎのものがある。『水中花』（一九七二）、『蜃気楼』（一九七六）、『春夏秋冬』（一九七九）、『鴨涯日日』（一九八二）、『芍薬の歌』（一九八四）、『鴨涯雑記』（一九八七）。このほか、すでに書かれた泉鏡花にかんする文章を一冊にまとめた『鏡花万華鏡』が、死後の一九九二年六月に筑摩書房から出た。

さて生島さんの手紙にもどって、数をかぞえてみると九十二通あった。大半は葉書である。これで全部ではあるまい。年代的に片寄りがあるようだ。一九六〇年代のものが欠けている。

いちばん古いのは北アルプスの夕景の絵葉書で、日付は一九六〇年八月十三日、発信地は志賀高原発哺温泉、天狗湯方（ここは生島さんや桑原さんの定宿だった）。暑さを逃れてここへ来て、湯に入って昼寝ばかりしている云々。最後に、Balzac会は帰ってからやりましょう、とある。そのころ生島さんを中心とした「バルザックを読む会」というのがあって、私たちはほぼ毎月顔を合せていた。

当時私は二十代のおわり、生島さんは五十なかばだった。それから八十七歳で亡くなる一九九一年八月までの約三十年間、手紙のやりとりがつづいたのである。

文通のもっとも多いのは七〇年代後半から八〇年代後半にかけての約十年間。それは生島さんが「ちくま」と「図書」に意欲的にエッセイを発表していた年月と重なる。それらの連載を読むと、すぐに私は感想を書き送った。折返し礼状がとどいた。

最後の連載となった「ちくま」の「鴨涯雑記」は八四年七月から八七年四月まで、途中、大病のため数回の中断をはさんで三年間つづいた。作者はすでに八十代に入っていた。

「雑記」とあるが、食物の話など身近雑記のたぐいは排し、毎月、文学・芸術あるいは読書の感想などにテーマを限定して書く。十枚足らずの短文とはいえ、何よりも「文章」を重んじる人にとって、これがどれほどの気力の充実と集中を要する作業であったか。

私の葉書はそれにたいする感想であり、また声援でもあったのである。

この十年間はまた、私のエッセイや小説が文芸誌に載りはじめた時期とも重なる。生島さんはそのつど目を通して感想を書き送ってくれた。恐縮した私は折返し礼状をしたためた。双方、言い足らなかったところを補うため、葉書が週に二度行き来することもあった。いま手もとに残されている九十二通の手紙のうち、この時期のものがとくに多いのは右のような事情による。

つぎにその手紙の何通かを紹介する。それはまたいくらか、書く人《エクリヴァン》生島遼一の「己を語る」ともなっているであろう。

一九七二年二月二十一日付葉書（『幸福へのパスポート』の感想）

長いお手紙ありがとう。もっとていねいな批評をしないといけないから、「フランソワ」や「オンフール」をも一度読んでみましょう。僕も小説というものを観念的に考えるとどうしてもヨーロッパ概念やスタイルになってしまう。しかし体質的には藤村とか花袋とか、志賀直哉みたいなものにいつも一致している。志賀さんなんかがああいうものを書いて「小説」などといっているのはコッケイな感じさえするけど、自分で書いたら、やっぱり、ああいうものになりそうですナ。小説かきになったら一生この分裂になやむでしょうナ。（後略）

一九七三年十二月十四日付葉書（『ヴォワ・アナール』への礼状）

エッセイ集拝受、ありがとう。知っている人の名がたくさん出るので、こちらもテレて読むのに落ちつかんような感じもすこししました。本をもらってこんなことをいうのは非礼かもしれないが、山田君もエッセイなどかくのは、まだ若すぎる（下手という意味ではない）。なるべく「小説」のほうを勉強してください。G・N・P的長篇でなく、短いのでよろしい、簡潔な文章がよろしい。ぼくは伝記的真実を信ぜず、あまり興味がなく、嘘の話の真実のほうがよろしい。（後略）

一九七七年三月二十六日付葉書（「オートゥイユ、仮の栖」について）

「展望」四月号のAuteuil老人の話、おもしろく読みました。おカドちがいの批評かもしれんが、文章が前より引きしまっていて、ぼくの言うこと少しきいてくれたような気がしました。旧教師のうぬぼれかもしれず。（後略）

三月三十日付葉書（前便のつづき）

おハガキ拝見。多田君や杉本君もほめたそうで、わたしも満足です。

「私は自分だけでは、自分のやっている小説を書くという事が、人間の最良たる職業だと信じて居る。」（泉鏡花、岩波版全集二十八巻談話（芸術は予が最良の仕事也）

こんな自信、ありますか。鏡花は小説は「芸」だといいます。今、みんな芸を信じていますか。がんばってください。

ほめられると、少し自信のつくものです。（ぼくが長年ホンヤクしたのも、ほめてくれたからでしょうナ）。

一九八一年四月四日付葉書（「文芸」五月号の「エヴァ」を読んで）

（前略）長いレンサイ、ご苦労さん。「批評」はまたゆっくりしますが、ぼくの印象では、少し方々へとびすぎた感じでした。山田君は、やはり「日本人」らしく短篇的才能の作家なのかもしれません。ぼくが小説家になっても、おそらく、そうなるでしょうナ。

一九八二年一月五日付葉書

元日はきてくださってありがとう。暮から、大さわぎで、*ユーウツなことばかりであったところ、君達と雑談数刻でスウーッとしました。三日は、西川、佐々木、松本がきてブドーシュをのんで、また一しきりしゃべった。

いろ〳〵お道楽はあったが、ぼくの場合、やっぱり文学だね。名文でない、いい文章を書いてそれを感じとってもらったらもうそれでいい。そして読む方でも、そういうものだけを探している感じです。（後略）

＊「暮から、大さわぎで」とあるのは夫人の急病による入院をさす。

生島さんのいう「名文でない、いい文章」とは何か。

「いい文章とは、いわゆる名文ということではなく、平明で、むだのない、そして読者に親切なわかりいい文章ということなのだ」(「なぜエッセイを書くか」、『鴨涯日日』)

すでに戦後まもなくつぎのように書いていた。「私一個の趣味としては、日本の物を書く人達の中で、「語彙豊富」といわれる人の書いたものは、あまり好かないので、むしろ少ない言葉で書いている人の方が好きである。」(「文学的反省――文章・思想・人間」、『水中花』)。また慣用句、漢語的表現も嫌っていた。

なお、生島さんが「いい文章」のお手本と考えていたのは、志賀直哉であった。

「私が文章の書きかたでもっとも影響されたのは志賀直哉だということは、はっきり認めていい」(「「大正の文学」と私」)、『水中花』)

一九八二年三月六日付封書(罫のない横長の用紙に三枚。『コーマルタン界隈』の芸術選奨文部大臣賞受賞決定にさいして)

文部大臣賞をもらったそうで、おめでとう。ぼくが愛読した「コーマルタン」

が作品として挙げられていたので、二重にうれしい。
教師をやりながら、《小説家》を長年放棄せず根気よくつづけて、だん〳〵いい仕事をしてきたのはえらい。うれしい。相変わらず教師根性らしい口をきくけれど、初めのころより最近は変ってきた。文章がしまってきた。平凡なことを言うけれど。ついでにへらず口をいうと、《山田稔的詩》がしっかり固《かた》まってくると、もっともっと個性（文学的）がはっきりするのじゃなかろうか。期待と楽しみ。（中略）
とにかく《文学》にかかわりをもったりするのは、幸せか不幸か、運命なのか意志的選択なのか、よくわからん。（中略）《文学》というより、とくに小説家、一般に物を書く商売、因果なものだとしみじみ思う。ぼくなど、若年からそういう予感があったので、生涯飛びこんで行けず、ウロ〳〵している人間のひとりだ。
教師をやめるまで、自分のものはなるべく書かず、ホンヤク、だけをする。——そのとおり実行したのも、いわばこの弱気というか、いくじなさだった。むかし、そのことを林達夫さん（当時「思想」の編集長）に言ったら、笑われた。何かしら雑文を書くようにゲキレイして書かせたのはあの人（林氏）の恩恵だと、考えている。

祝辞が脱線してしまって申訳ない。要するに、ぼくが去年もらったような年寄賞*とちがって、君がもらったのは数等上で、おめでたい。「これを励みのきっかけにします」などとケチなことはいうまいが、益々ご努力を祈る。(後略)

*日本芸術院賞。

このような励ましの言葉にもかかわらず、「山田稔的詩」はいっこうに固まることなく、少し長目の短篇を発表するとお目玉をくらった。もっと引きしめて、もっと簡潔に、「何かピリッとして読んだら忘れられぬようなものがほしい」と。

ときには歯痒くなって、自分ならこんな風に書くのにという思いに駆られることもあったようだ。たとえばつぎのような封書をもらった。

山田君

先週退院しました。まだ跡始末のため、しばらく通院しますが、幸い、近いのであまり苦にはなりません。「家」はありがたいものです。病院は陰気でたいくつでたまりませんでしたから、「新潮」五月号の女ともだち読みました。

ここでひとまず中断して、その「女ともだち」の内容をかいつまんで紹介する。大学教師の青山は街で醜い老女に名を呼ばれ、むかしの恋人美代とわかって驚き、逃出す。間もなく美代は死に、三十年前に彼が書いた英文のラヴレターが、二人の共通の友人慎子を通じて返されてくる。青山は恥ずかしさのあまり、それを鴨川の川原に焼きに行く。

これにたいする生島さんの批評は、ほぼ次のようなものであった。

——単純な材料を面白く組立ててあると思うが、最後にラヴレターを焼くのは平凡すぎる。自分なら焼かずに持ったまま悩んでいるというふうに終りたい。往年の美少女が老いて醜くなっているのに会っておどろくというのは男性の場合でも同様で、女性の方ばかりを強調するのはどうか。またワキ役の慎子が精彩を欠く。副人物というのは重要なものだから。さらに追記として、自分なら表題を「英語の手紙」としたい、とあった。

私への訓えとしては最後のものとなったこの手紙の、最後の数行を書き写す。

忙しい中で、よく作家活動を続けているのに感服します。ぼくも自分のものらしき書きものしはじめたのは七十才近くからです（小説じゃないけど）。大兄も学校定年になってからも、もちろん続けるだろうが、まだ〳〵これから出発の意気ごみでやってください。

R

いつもの罫のない横長の用紙二枚にわたって薄いブルーのインクでしたためられたこの手紙の消印は一九八九年四月七日。当時、生島さんは八十五歳、自宅近くの原田病院で大腸の手術をうけ、退院したところであった。

（手紙の公開については、養女の生島香苗さんの諒承をえた）

*

転々多田道太郎

ケニヨン・レヴュー

はじめて研究室に訪ねて行ったのは一九五二年の秋のころだった。それ以前にも姿を見かけたことはあるが、会ったことはなかった。

訪問の目的は、彼が図書館から借出しているアメリカの雑誌「ケニヨン・レヴュー」を貸してもらうためだった。そこに載っているブラックマーという人の「ボヴァリー夫人論」を卒論の参考までに読んでおきたかったのである。

気鋭の評論家としてすでに名を知られるこの少壮の研究者に会いに出かけるには勇

気を要した。彼はまだ二十代のおわり、私も二十三になったばかりだった。

当時は東一条西北角にあった京大人文科学研究所分館の二階の南端に、彼の研究室はあった。三名の助手共用の相部屋だった。

半ば開かれたままのドアを押して入り、書架で仕切られた狭い空間の入口のところで、おそるおそる名前を告げた。

椅子の背にもたれかかって雑誌を読んでいた額の広い人がこちらを振向き、「これですね」と雑誌を示しつつ、黒ぶちの眼鏡ごしに、ふかく落ち窪んだ眼でじっと私を見た。値ぶみされているような気がした。

「あんたニュークリティシズムに興味あるの。ブラックマーの論文わりとおもしろいですよ。済んだら返しといてね」

それだけのことを彼はよどみなく言った。不思議な気がした。文学をやる人間はみな考え考え、多少口ごもったりしながらしゃべるものと思っていたからである。

彼の声は意外に柔和で、私の緊張をすこしは解いてくれた。そのあと、どんな話をしたか憶えていない。

彼のもとを辞するころには、最初の薄気味のわるさはうすれ、親しみの情がわいていた。

　それから何カ月かたって、また会いに行った。私はすでに大学を卒業して大学院に籍をおいていたが生活は苦しく、いくつもの家庭教師をかけもちしながら何とかしのいでいた。

　会うなり私は言った。

「何か金もうけの口、ないでしょうか」

　すると彼は「こんなのやってみますか」と言って西洋文学事典の話をはじめた。それは当時、福音館書店から出ていた事典シリーズの一冊で、その編纂を桑原武夫の下請けで多田道太郎と友人の黒田憲治がやっているらしかった。いま確かめてみると新書判の小型本で、約四百ページ、定価百七十円となっている。

　フランス文学関係の項目をいくつかもらってその場を辞した。あまりに話がうまくいきすぎて、拍子ぬけがした。

　何日かたって原稿を持って行った。彼はざっと目を通すと、黙ったまま上着のポケットから封筒をとり出し、札を何枚か抜きとると無造作にさし出した。やっぱり只者ではないと思った。

彼の方もこのときのことがよほどつよく印象に残ったらしく、後年、「ぼくのところにはじめてやって来て、何か金もうけの口ないでしょうかと言うたのは山田稔だけや」と、まるで自慢話でもするように吹聴した。ケニヨン・レヴューのことなどなかったかのように。

Mr. Manyfields

一九五四年一月に、私は人文研西洋部の助手に採用され、フランス革命の共同研究に参加することになった。つい半年ほど前、「金もうけの口」を求めて訪れて来たあの学生上りが、と彼はさぞ驚いたことであろう。

それでも、この、学問研究よりも酒を飲んでふざけることの方が好きらしい頼りない新入りが気に入ったようで、なにかと面倒をみてくれた。ふざけるといえば、彼自身大いにその気があった。後に「日本小説を読む会」（「よむ会」）の二次会などでさかんにいちびった。

親しくなってしばらく経ったころ、彼は私につぎのように語った。自分は外国の大学などで講演するときは、こんなふうに自己紹介することにしている。

〈私の祖先は多くの田畑を持っていたようで、姓のタダは many fields を意味します。名のミチタローは way。したがってタダ・ミチタローは、way to many fields となります。その名のとおり、私の関心はさまざまな分野《フィールズ》におよんでおります〉。そう言って笑わせておいてから本題に入る、というのであった。

Mr. Manyfields

たしかに知的好奇心の旺盛な人であった。それは著作目録を見ただけであきらかであろう。専門の文学にはじまり映画、マンガ、遊び、風俗、衣食住、人の仕ぐさ等々、あらゆる文化現象が興味の対象となった。とくに年々新しくなる流行・風俗を得意の分野とした。後日、彼のこころが「よむ会」を離れ現風研（現代風俗研究会）へ移っていったのは自然なことであった。こうした移り気が、生まれつきのものであったかどうかは知らない。

新しい、珍しいモノやコトに出会うと目の色が変り、声がはずんだ。

「それ、オモロイね！」

「それ、なんでやろ！」

ふつうは誰も問題にしないような小さな卑近なものが好奇心を刺激するのだった。

あるとき桑原先生をつかまえて、こう質問するのを私は聞いた。

「先生、爪楊枝に刻み目がついてるでしょ、二つ。あれ、なんでか知ってはりますか」

「知りまへん」

また始まったな、という風に笑いながら先生は答えた。

「あれはね、あそこで二つに折って、箸置きみたいに爪楊枝を置くためのものらしいですよ。まいったなあ」

好奇心の対象はモノやコトにかぎられなかった。新しい才能への関心もまた旺盛だった。異才を発見する勘のよさには独特のものがあった。

発見し、惚れこみ、賞讃する。抱きつき、共生し、吸いとる。そしてまもなく離れる。より新しくより珍しい才能を求めて。

「多田は、美しい花から花へ飛びまわる蝶みたいなやつやな」

桑原先生はこの愛弟子のことを、楽しげにこう評した。

ひとり沈思黙考する人ではなかった。その逆で、ひとりを嫌い、あるいは怖れ、人を求めた。人とまじわり、群がっておしゃべりする、それを大いに楽しんだ。「とかくメダカは群れたがる」（平林たい子）そのどこがわるい、というのである。

娘の謠子さんが幼いころ、「お父ちゃん、カイが好きやなあ」と感心するくらい、会が好きだった。

おしゃべりのなかで相手の発言に刺激され、独自のアイデアが生れる。議論の相手の説をひとまず受けいれ、それをひとひねり、あるいは裏返しすることで自分のものとする。

一例を挙げると、平野謙が広津和郎について「その本質においてユニックなフリー・シンカーでありながら、所詮一個のアイドル・シンカーにとどまっている」とのべているのに同感しながら、それを反転させて、「むしろ逆に、アイドルであったからこそ「ユニックなフリー・シンカー」たりえた」とのべる。* そうしたいわば柔道の返し技こそ多田流弁証術の基本であった。

＊「文学者流の考え方　広津和郎」

このように、彼の頭脳を通過したものの方がもとの話よりもさらに斬新で、「数層面白い」ものと化すのである。その換骨奪胎のみごとさ、多田マジックに聞く者はあっけにとられ、感心しつつも同時に、首をかしげたくなることもあった。

「マジック」の根にあるのは、彼一流のレトリックである。「レトリックにすぎない」と言われることに彼は反撥した。レトリックこそ文芸の生命なのだから。花田清輝は彼のよきライバルだったにちがいない。

〈腐ってゆく寸前〉

私が人文研の助手になると、早速彼は私を「日本映画を見る会」に誘ってくれた。これは多田のほか桑原武夫、河野健二、樋口謹一、松尾尊兊、加藤秀俊ら人文研の所員のほかに外部から医師の松田道雄のような人も加わり、最近の日本映画を見て自由に感想をのべあう会であった。

その後何年かして、いつのまにか「会好き」になっていた私は多田と二人で「日本小説を読む会」を発足させ、事務局を担当した。その間、研究所の研究会で報告し、また紀要に論文も書いた。

こうしていわば長い試用期間がおわったと思われるころ、ある日彼はいつになく真面目な顔で言った。

「山田君、あんたはニンシキリョクは弱いが文章はうまい」

ニンシキリョク？　一瞬戸惑って彼の顔を見た。

「文章でもむつかしい深刻なのとちごうて、軽いふざけたようなのがええね。のんしゃらんとか、ウンコの話みたいな」

「のんしゃらん」というのは、「よむ会」の会報に私が書いていた匿名の戯文のこと、「ウンコの話」は「VIKING」に連載していたスカトロジーについてのエッセイだった。

「むつかしいもの、重いものよりも軽いように見えるものの方が思想的に深いんやで」

彼は慰め励ますように、そう付けくわえた。

それから数年後に私は教養部に移り、フランスに一年あまり留学した。その滞在中、「VIKING」に「フランス・メモ」という通しの題でエッセイとも小説ともつかぬ文章を連載した。それが『幸福へのパスポート』という本になって出版されると、彼は書評を書いてくれた。そのなかにつぎのようにあった。

「筆者が小さなメモを、他人への訴えではなく書きつづけていくうちに、それはしだいに「小説」らしい形をとってゆく。その経過がこの小説集によくあらわれている。しかし、「小説」となって腐ってゆく寸前の「ローマ日記」に、とうてい小説とはなりえない現代の魅力を私は感じた」(「展望」、一九六九年四月号)

「「小説」となって腐ってゆく寸前」、この表現に私はひどく感心した。突如、自分のうちに何かが目ざめたような気がした。

それから二年ほどして、エッソ・スタンダード石油のPR誌「ENERGY」が「日本人の海外紀行」という特集を組んだ。その監修者のひとりが多田道太郎で、私に何か書くよう言ってきた。

引受けはしたものの、何を書けばよいかわからず苦しんだ。締切ぎりぎりになって、ふと以前の忠告を思い出した。むつかしいこと、深刻なことを書こうとするな。とたんに肩の力がぬけ、気が楽になった。そうだ、「のんしゃらん」調でいこう。

私はパリ留学中にひどい便秘に悩まされたあげく、薬局に便秘の薬を買いに出かける苦心談を一気に書上げ、「ヴォワ・アナール」と題してボツを覚悟で編集人の高田宏に送った。

その号が出てから数日経って多田に会った。顔を見るなり彼は息をはずませて言った。

「山田君、あれ、よかったよ！　ヴォワ・アナール、あれケッサクや。まいった」

そう言ってから、感心したという箇所を二、三挙げてみせた。

後にも先にも、彼からこれほど褒められたことはない。

「小説となって腐ってゆく寸前」——その「寸前」のとらえ方が問題なのだった。

理　窟

一九七五年の春、桑原教授を団長とするシルクロードの旅に多田道太郎とともに私も参加した。タシュケント、サマルカンド、ブハラ、ドゥシャンベ、フルンゼといった旧ソ連領内の町々を訪ねた。

ブハラの宿で多田と相部屋になった。

翌朝、彼は目ざめとともにベッドを出て、洗面も着替えもせず、ステテコのまま、テーブルのうえに散らばる前夜の食べ残しのさきイカを、さもうまそうにむしゃむしゃと食べはじめた。

その異常な食欲におどろきつつ私はたずねた。

「歯、磨かないんですか」

すると彼は真面目な顔で私を見て、逆にこう質問した。

「魚に虫歯がないの、なんでか知ってる？」

「さあ……」

「魚はいつも海水で口のなかを洗うてるからや。ぼくも塩水で口をゆすぐだけ」

そう言うと、またさきイカを口に運びはじめた。

しかしその後、彼が塩水でうがいをするところは見なかった。

そのときは、私をからかうための冗談にすぎないと思っていた。

ところが彼は同じ理窟を『ものぐさ太郎の空想力』のなかで、さらには「第二老の坂」でものべた。「第二」とあるのは、その前に「老の坂」を書いていたからである。

「第二老の坂」にはまた、つぎのような三段論法がくりひろげられていた。

最近、昼間からやたらとねむくなる。年をとると居眠りがふえるのはなぜか。血のめぐりがわるくなるからである。それを防ぐにはどうすればよいか。回遊魚を食べればよい。

「回遊魚は名のとおりぐるぐる海を泳ぎまわっている。その血はいつも淀むことがない。したがって、その魚をたべれば、血もとどこおることがないのである」

思い出

「新潮」(一九九五年七月号)に私の短篇小説「リサ伯母さん」が載ると、彼から葉書で感想がよせられた。初めてのことだった。黒のボールペンの直筆で、これもまためずらしいことだった。というのは日ごろ筆不精な彼は、短い原稿や葉書などは秘書に口述筆記させていたからである。

「「リサ伯母さん」よかった。身につまされ拝読」

葉書はそう始まっていた。

「身につまされ」で、はっとなった。

小説の主人公は七十代の元大学教授、女子大でフランス語を教えていた。一人息子に先立たれ、いまは妻と二人暮し。夫婦ともにボケかかっているが、夫の方はまだボードレールの詩を暗誦できるのを自慢している。——以上のような設定である。

主人公の年齢、経歴、ボードレール、子供の死。多田夫妻をモデルにしたととられてもおかしくない要素がいくつもある。しかし自分ではまったく意識していなかったのである。だが私には以前に『旅のなかの旅』で、この夫妻をモデルに用いた「前科」があった。

葉書にはまた、つぎのようにも書かれていた。

「パリの道ばたでおにぎりを食べたことを思い出しました」

作中、怪我で入院中の妻が、むかし親子三人でパリの公園のベンチでおにぎりを食べた思い出（妄想）を語るくだりがある。そこを読んで彼は思い出したのだった。

私がパリ留学中の一九六七年の夏、桑原教授を団長とするヨーロッパ農村意識調査団がパリにやって来た。人文研のメンバーが主で、多田もその一員だった。

フランスに来て彼は何よりも食べ物に悩まされた。文化としての「食」について論ずることのたくみなこの風俗学者も、個人生活では食べることには関心がうすかった。好き嫌いがひどく、ことに洋食は苦手だった。だが残念なことに当時のパリにはまだ、彼の好物のきつねうどんや冷やっこを供する大衆的な日本食堂はみつからず、またインスタント食品の種類もかぎられていたのである。

尾羽打ち枯らした彼の姿を見るに見かねた私は、ある日、自炊していた下宿の鍋で米を炊いて握り、とっておきの海苔で巻いた。彼の好物の卵焼を甘くこしらえた。そしてそれをショルダーバッグに詰めてホテルに彼を訪ね、外へ連出した。

晴れた気持のいい一日だった。私たちはトロカデロ広場へ行き、エッフェル塔を真正面にながめるベンチに腰をかけ、弁当を食べた。

彼は黙々とにぎり飯を頬ばり、卵焼を指でつまんだ。

一息ついたころ、やさしい声で言った。

「あんた料理わりと上手やね」

しばらくは二人とも何も言わず、エッフェル塔に向かって口を動かしつづけた。

北京の春

一九八一年三月はじめから二カ月間、多田道太郎はユネスコから派遣されて北京外国語学院で日本文化論の講義をおこなった。

北京の春は短く、ひどく乾いていて一度も雨が降らなかった。彼はたちの悪い風邪にかかり、宿舎の病院へ行った。三度行って三度とも、ちがう医者（女医）だった。そのひとりが彼にキンタマを見せるよう命じた。耳を疑った彼は通訳に念をおさせた。間違いなかった。

止むなくズボンを脱ぎ、「モンダイの個所の上半分は左手でおおい、下半分のタマのみを右手でつまみながら」女医に示した。彼女はそれを握ったりはなしたりしながら、痛いかとたずね、痛くないと答えると、おかしいなと呟きつつ、「表皮をのばしたりちぢめたり」した。オタフクカゼを疑っているのだった。

帰国して、人文研の所員会でこの話をすると全員（とくに女性）の哄笑を買い、ついに所報の帰朝報告にその話を書かされるはめになった。

「よむ会」の二次会でしゃべると、これまた大好評で、山田からぜひそれを会報に書くよう頼まれ、「北京の春」*の題で四回にもわたって連載した（ただし四回目の題は「潤色のない話」）。

まだあった。ある経済学者との対談のなかでこの話をすると、大いに喜ばれた。その後、こんどは綜合雑誌の編集者からしつこく頼まれ、これも断りきれなかった。しゃべったり書いたりしたことで、これほど好評だったのは稀だと考えた彼は、「人間の、男の、あるいは日本人のキンタマに対して抱くなみなみならぬ好奇心」に気づかされた。

しかしよくよく考えてみると、これはその種の好奇心ではなく、「むつかしい顔をした小生が下半身ハダカとなるの図」、それとも「白衣をまとった美しい異国の女医が白魚のごとき指でもって、紫蘇色の陽玉の皺をのばす、その光景に感じいっているのであろうか」。

こうして彼の好奇心の対象はさらにひろがっていくのだった。

＊「北京の春」は後に「旅に病む」と改題。

転々

私小説が好きだった。

ことに太宰治。

三高生のとき太宰にいかれ、彼と同じ東大仏文科に進んだ。十七、八歳のころ『晩年』のなかの「葉」に感動したあげく、「太宰治に与える手紙」というのを書いたという。後年になっても、「ぼくがいちばん好きな作家は太宰治」と言っていた。

太宰の影響は多田の文章にも残っている。

二〇〇〇年六月から翌年八月にかけて、「群像」に「転々私小説論」を四回にわたって発表した。第一回「葛西善蔵の妄想」（六月号）、以下「諧謔の宇野浩二」（十一月号）、「飄逸の井伏鱒二」（四月号）、そして最後に「飄飄太宰治」（八月号）。

それぞれ四百字詰原稿用紙に直せば七、八十枚、「力作評論」と言ってよいだろう。

彼がまとまった文学評論を発表するのは、大ざっぱにいえば一九六一年の「文学者流の考え方　広津和郎」以来、約四十年ぶりのことであった。

病気をおしてのこの最後の熱演《ヽヽ》によって、多田道太郎は「文学」に回帰した。「転々私小説論」はいわば彼の遺言である。

私小説のどこが好きか。詩だからである。

私小説は詩小説、すなわち散文詩なのだ。

以前にボードレールの「悪の花」註釈の共同研究をおこない、最近は散文詩 Spleen de Paris を「パリの鬱々」と題して翻訳していた（「現代詩手帖」）。また一方では小沢信男ら東京の詩人グループに加わり、俳句に熱をあげていた。

「詩で言えないことを、散文で書くという意味では、葛西はボードレールと呼応していて、当時の日本文壇にあって前衛的ともいえる散文詩的な感覚を捉えていた」（「葛西善蔵の妄想」）

宇野浩二、井伏鱒二の文章も同じく散文詩である。

太宰治は俳句。「葉」の文体を「連句のような散文詩的な書き方」と評した久保喬の言葉に感心しつつ、これを例によってひとひねりして、多田はこう自説をくりひろげる。太宰の文体は「発句」と「付け」の関係、ひとり連句であって、その「連句風作文」が太宰の私小説（詩小説）なのだと。

ボードレールと俳諧によってさらに磨かれた詩的感性が、「詩」としての私小説を発見させたのである。

前に私は「転々私小説論」のことをつい「力作評論」と書いた。しかし、これには力がこもっていないどころか脱けている。また「評論」というより「語り」に近い。最初から最後まで「です、ます」調で通している。その間にたとえば「……御存知でしたか」と聴衆に語りかけたりする。つい、これは講演の録音テープをおこしたものと考えたくなる。だがそうではなかった。聴衆は編集者ひとりだけ。つまり録音機を用いての口述筆記だったのである。

いくつもの引用を重ね、あちこち寄り道しつつ文字どおり転々、そして結論めいたものもなく、抜けるようにすっと終る。読むよりも聴く方がこころよいような。——まさに多田道太郎の真骨頂である。

彼が注目する太宰の語り口のたくみさ、「語りを文字化してみせる芸」、それは彼自身のものでもあった。

談話の、語りの名手だった。独自のレトリックをあやつり（マジック）、整然と、書くように語り、語るように書く。若いころより、口述筆記を得意としていた。

「転々私小説論」の「転々」は宇野浩二の小説の題からの借用である。

「「転々」とはおもしろい題ですね。宇野の人生と文芸を象徴するような題です」

ここでも多田はおのれを語っている。

道草

野から野へ、花から花へと蜜を求めて飛びまわったタダアゲハが、最後に翅を休めたのが詩（私小説）、そして俳句であった。結局、文学にもどって来たのである。独自の発想のひらめき、語感のするどさ、表現のたくみさ、これらは彼の資質が詩人であることを早くから示していた。したがって俳句にむかったのは意外ではなかった。

「自分の発想の本質は俳句にある」と晩年、みずから認めている。

山本健吉の後を継いで一九八八年六月から二〇〇六年六月まで十八年間も、「週刊新潮」の「新句歌歳時記」で古今の短歌や俳句に独自の解釈を加え、その成果を『おひるね歳時記』という本にした。その間みずからも句作をはじめた。本気だった。

道草と号し、これを「みちくさ」と読ませたがった。子供のころから道草をくうのが好きだったからと。Mr. Manyfieldsとは「道草をくう人」の謂であった。

小沢信男を中心に辻征夫、井川博年ら東京の詩人の集う「余白句会」に投稿し、「初心たちまち老獪と化するお手並み」と師の小沢を驚嘆させた。

馬肉《さくら》鍋いずこの緑野走り来し　道草

これより晩年まで、多田と「余白句会」の蜜月時代がつづく。彼は東京の新しい仲間をはるばる宇治の自宅に招き、句会を開くまでした。

二〇〇二年末に小沢信男の解説付で文庫判の『多田道太郎句集』（芸林書房）が出た。俳句のほか知恵子夫人の随筆、辻征夫のエッセイなどを収めた句集としては異例のもので、「多田家の茶の間へ招かれたような（……）気がおけないにぎやかさ」（小沢）であった。

多田は週刊誌での連載を通して、大阪の市井に棲む老俳人小寺勇を知り、その型やぶりな作風の影響をうけた。小寺の句はたとえば、

ショート・パンツがようてステテコはなんでやねん

その死にさいし彼はつぎの句を詠んだ。

小寺勇師、訃報に
もうあかん言うたら仕舞いああしんど　道草

贈られた『多田道太郎句集』への礼状のなかで、私はとくに気に入ったものとしてつぎの句を挙げた。

誇るべき一点もなきわが裸

鶯

二〇〇四年六月下旬のある日の午後、ＮＨＫ教育テレビの「こころの時代」という番組で、何年かぶりで多田道太郎の顔を見、声を聞いた。寝たきりになって以来、私は見舞うのを遠慮していた。

噂に聞いていたほどの衰えは感じられなかった。こういう番組への出演を承諾するくらいの気力は、まだ残っているらしかった。しかし声に力がなく、聞きとりにくい箇所がいくつもあった。

インタヴュアーにむかって彼は「ものぐさの思想」を語った。何もかもアホくさいと、相手を困らせるようなことを繰返した。

放映後まもなく、宇治市に住むＳのところに多田夫人から電話がかかってきて、山田さんと二人で家に来てほしいと主人が言っている旨伝えた。Ｓは家が比較的近いこともあって、年に一、二度見舞いに行っていた。

二日後の午後、京都駅で落合い、ＪＲの六地蔵駅で下車、タクシーで多田家に向かった。

テーブルのうえに本や雑誌のほか、さまざまな日用品が散乱する薄暗い茶の間の、皮張りの大きな肱掛椅子にすっぽりはまりこむような形で彼はいた。

挨拶をしても反応がなかった。私たちを呼んだことも忘れているように見えた。

何よりも、顔の表情がとぼしかった。その感情の消えた顔に戸惑いつつ、まずは先日のテレビの感想をのべた。しかし興味なげな様子に、言葉がつづかなかった。アホくさと言われているような気がした。

近況をたずねると、これには応えてくれた。医者に言わせると、骨粗鬆症以外にはどこもわるいところはないそうな。転ぶとすぐ骨が折れる危険性がある。いまも肋骨にひびが入ったままだ。それで寝たきりになっている。毎日、本を読んだりテレビを見たり。居眠りしたり。――それだけのことを抑揚のとぼしい声でぽつりぽつり語った。語りおえると黙りこみ、眼をとじた。

そのままの状態がしばらくつづいた。

静寂のなかに、かすかに音楽が聞えていた。ラジオのＦＭ放送のようだった。硝子戸の外の庭は緑につつまれ、ときどき鶯のさえずりが聞えた。

「ロクジゾーて鳴いている」

眼を閉じたまま不意に彼が言った。私たちが返事をせずにいると、そこに居るのを確かめるように薄目をあけてこちらを向き、

「ロクジゾーて聞えるやろ」

と念をおした。

夫人が、とどいたばかりの郵便物を手にして入って来た。ざっと仕分けをしながら、「こんなの来てるよ」と言って一通の葉書を多田に手渡した。彼はさっと目を通してから「これ、おかしいのちがうか」とつぶやいて私にまわした。葉書というよりも、薄茶のぺらぺらの紙を葉書大に切ってこしらえたもので、十円切手が五枚、縦一列にべたべたと張ってあった。見舞状のようだが、ふざけた内容で、ところどころ不可解な文句があり、たしかにおかしかった。差出人は、多田と親交のある有名な評論家だ

った。

「こんなのもあるよ」さらに夫人はそう言って、またべつの一通を私に差出した。見ると、先日のテレビの感想を書き送った私自身の葉書だった。「アホくさ」で押通したのは立派だった、といったことがしたためてあった。自分の出した葉書を、受取人の家で、配達と同時に本人の目の前で読まされる。これはそうざらにあることではないだろう。

話がとぎれ、次第に居心地がわるくなってきた。辞去しようとすると、彼は夫人に葡萄酒を持って来させた。フランスの赤の高級品だった。Sが栓をあけ、グラスに注ぎ分けた。

「おいしいですね」

しかし彼はわずかに口をつけただけで、何とも言わなかった。

夫人が出て行くと、またしばらく沈黙がおとずれた。眼を閉じている彼は昼寝でもしているように見えた。

鶯がまた一声、二声鳴いた。

Sに目で合図して、暇を乞おうとした。

そのとき、何かつぶやくのが聞えた。小用に立つらしかった。夫人を呼びもせず(その声が出ないのだ)、そばに置いてある杖を手に取り、そのたすけを借りて、沈みこんでいた深い肱掛椅子のなかから、そろそろと全身を持上げた。壊れ物でも扱うように。実際壊れ物だったのだ。

立上ると一息ついてから、杖を突き突き小刻みに歩を運びはじめた。もう慣れているように見えた。へたに手を貸したりすれば、かえってバランスを崩し転倒する、そんなふうに思え、ただ息を凝らして見守るしかなかった。

髪毛がとぼしくなっていちだんと大きさの目立つ頭部と細く脆い体が、あやうくバランスをとりながら移動して行った。すこし進んでは止まり、息をつぎ、また動きだす。もはや誰の助けも求めまいと心に決めたかのようにこちらには目もくれず、ひたすら前方をながめながら懸命の緩慢な歩みを彼はつづけた。

初出一覧

富　来　「海鳴り」18号　二〇〇六年七月
マビヨン通りの店　「海鳴り」19号　二〇〇七年六月
シャンソンの話　「海鳴り」22号　二〇一〇年六月
ニーノさんのこと　「文学界」二〇〇六年六月号

＊

敬老精神（原題「年譜づくりのざんない話」）　「読売新聞」　二〇〇四年五月二十一日付
夕刊（大阪版）
小沼丹で遊ぶ　小沼丹全集（未知谷版）第四巻月報　二〇〇四年九月

はじめての同人雑誌――「結晶のこと」　「零」10号　二〇〇四年十一月
松川へ　「VIKING」574号　一九九八年十月

＊

前田純敬、声のお便り　「CABIN」9号　二〇〇七年三月
後始末（原題「前田純敬、後始末」）　「CABIN」10号　二〇〇八年三月
一徹の人――飯沼二郎さんのこと　「海鳴り」21号　二〇〇九年六月
生島さんに教わったこと　「CABIN」12号　二〇一〇年九月

＊

転々多田道太郎　未発表

山田　稔（やまだ　みのる）
一九三〇年北九州市門司に生まれる。
主要著書
『北園町九十三番地―天野忠さんのこと』『富士さんとわたし―手紙を読む』『八十二歳のガールフレンド』『リサ伯母さん』『スカトロジア―糞尿譚』（以上編集工房ノア）
『コーマルタン界隈』（みすず書房）、『ああ、そうかね』（京都新聞社）、『あ・ぷろぽ』（平凡社）、『旅のなかの旅』（白水社）、『残光のなかで』（講談社文芸文庫）など。
翻訳にロジェ・グルニエ『フラゴナールの婚約者』『チェーホフの感じ』アルフォンス・アレー『悪戯の愉しみ』（以上みすず書房）、『フランス短編傑作選』（岩波文庫）など。

マビヨン通《どお》りの店《みせ》
二〇一〇年十月十七日第一刷発行
二〇一一年二月十五日第二刷発行
著　者　山田　稔
発行者　涸沢純平
発行所　株式会社編集工房ノア
〒五三一―〇〇七一
大阪市北区中津三―一七―五
電話〇六（六三七三）三六四一
FAX〇六（六三七三）三六四二
振替〇〇九四〇―七―三〇六四五七
組版　株式会社四国写研
印刷製本　亜細亜印刷株式会社

ISBN978-4-89271-186-2